Fluturi negri

Silvia Puiu

Published by Silvia Puiu, 2023.

This is a work of fiction. Similarities to real people, places, or events are entirely coincidental.

FLUTURI NEGRI

First edition. July 30, 2023.

ISBN: 979-8223742869

Written by Silvia Puiu.

Cuprins

Scrisoare pentru tine, cititorule!

Am vrut să pun acest volum, aceste rânduri, într-un context. Fluturii negri ne bântuie pe toți.... uneori devin albi, apoi se fac iarăși negri... și apoi dispar în același timp cu tine, în timp ce te deplasezi prin viață.

Poveștile și versurile din acest volum sunt fluturi negri de acum mai mult de 20 de ani. Astăzi, când tastez aceste rânduri, fluturii au vrut să zboare, chiar și așa negri .... au dorit să simtă soarele arzându-le aripile în ultimul lor zbor.

I-am păstrat cu dragoste pe foi îngălbenite de timp, de pe care de-abia am deslușit ce scriam... unele erau tehnoredactate pe computere pe care numai în muzee le mai poți găsi și salvate pe dischete de multă vreme pierdute. Am reușit să îi chem la mine și ei au venit. I-am acceptat așa cum s-au născut și, astăzi, le-am dat drumul să fie liberi.

Povestirile sunt o ficțiune împletită cu cioburi din oameni, gânduri, vise și dorințe. Punerea lor pe hârtie sau într-un context creativ este o formă de purificare. Ca gen, aș spune că scriu poezie în proză și proză în poezie. Cred că tinerii, mai ales, ar trebui încurajați să se exprime în scris și școala să ofere această oportunitate.

Poate unii se vor întreba de ce acum sau poate, pur și simplu, de ce? În ultima perioadă, am reflectat foarte mult la subiectul sănătății mintale și cred că ar trebui să aibă prioritate în viețile noastre. Din acest motiv, veniturile din vânzarea acestui volum vor fi donate către un ONG cu activitate în sfera sănătății mintale.

În cei 15 ani de când predau, am văzut tineri care au nevoie să fie auziți. Am văzut tineri care simțeau nevoia să se exprime într-o formă de creativitate, fie ea scris (motiv pentru care am lansat revista Cronica Studentului în 2015), pictură, desen, muzică, etc. Și mai îmbucurător, a fost să aud tineri, indiferent de gen, că au găsit sprijin într-un dascăl, în muzică, în artă și chiar în psihoterapie.

Publicarea acestui volum și împărtășirea fluturilor mei negri cu cei care vor avea răbdarea să citească este, pentru mine, un act de curaj și sper ca, astfel, să îi încurajez și pe alții să se exprime într-un mod sigur: prin artă sau vorbind cu cineva care poate să ajute (profesor, părinte, bunic, psiholog sau alt adult în care ai încredere). Am spus răbdare, pentru că e un volum dificil... și, dacă îți provoacă sentimente neplăcute, te rog să te oprești!

A fost dificil și pentru mine să mă reconectez cu acel copil, care va fi mereu o parte din mine. Mă bucur că l-am redescoperit și că pot să îi spun că fluturii își schimbă nuanțele de-a lungul vieții. Cred că fiecare dintre noi ar trebui să aibă un dialog sincer cu acest copil lăuntric și să îi permită să se manifeste și să i se arate acceptare și iubire. Te îmbrățișez, copil lăuntric și te încurajez și pe tine, cititorule, să faci același lucru cu al tău 😊

Dacă te confrunți cu gânduri negre, care nu îți dau pace, te rog, caută ajutor specializat. Fluturii negri pot deveni albi sau multicolori sau pot învăţa să se accepte aşa cum sunt, mai întunecaţi decât alţii. Viaţa este frumoasă şi merită trăită!

E important să înţelegi că nu eşti singur şi, indiferent prin ce treci, totul are o soluţie. Zâmbeşte! Te îmbrăţişez virtual, oricine ai fi, oriunde şi oricând ai fi.

Copilărie pierdută printre uşi

Credeam că sunt doar două uşi, dar nu, sunt zeci, sute, mii... câte una pentru fiecare eu al meu. Dureros este că fiecare a intrat pe uşa greşită, ca într-o loterie a vieţii. Simt că Marele Anonim al lui Blaga este singurul meu prieten şi nici măcar nu cred în el. E ca Moş Crăciun, dar e plăcut să te prefaci.

Ce vreau, ce vor, ce vrem? Ne vrem pe noi în toţi şi toate ca nişte bieţi nebuni, doar în noi uităm să ne căutăm şi, ca atare, alergăm disperaţi după o uşă pe care o greşim iar şi iar. Nu ştim când ne-am născut pentru că suntem bucată din strămoşii noştri şi ei sunt bucată din noi. Suntem în trecutul lor şi ei în viitorul nostru.

Arunc cuvinte pe pereţi şi podele, paturi şi perdele, în speranţa că voi reuşi să calmez, să sting focul din suflet care-mi arde gâtul, pieptul, timpul, creierul... Nu vreau ca apa să îl stingă... vreau să ardă mocnit până la epuizare. Am aşteptat să vină Moş Crăciun să-mi returneze copilăria şi inocenţa, şi visele frumoase...

... dar am adormit şi l-am ratat. Am visat, în schimb, un demon care m-a făcut să zâmbesc cu gura până la urechi. Căutam răspunsuri, dar nu aveam întrebări. Îmi vorbea într-o limbă fără cuvinte, fără sens şi dorinţe.

M-a trezit o poezie de dragoste care izbea vocale în trupul radioului de lângă pat. M-a întrebat câţi ani am, ironizându-mi vârsta și grijile. Nu știam cum să-i explic... că vin dintr-o altă lume unde zilele de-aici înseamnă ani. Am calculat și mi-au dat vreo 4 milenii.

Aș vrea să fiu o stafie, o umbră, o pasăre de noapte, un câine vagabond... dar sunt doar o glumă proastă cu superficialitatea pe chip. Muzica se aude în continuare, trece prin mine și nu o mai simt...

Nu pot găsi calea de mijloc... e doar negru morbid sau alb imaculat; trăiesc intens, iubesc intens, distrug intens... Nu știu ce ușă să aleg, dar îmi aud conștiința intrând neinvitată în coșmarul meu și spărgându-mi pieptul cu sunete inumane: *Trezește-te, e doar un vis alb murdar!*

Mâna ta va rămâne pe veci doar un sloi de gheață pe care va trebui să-l încălzești, ascunzându-te de ceilalți, intrând în cochilie ca în poezia lui Barbu. Aștept în zadar, cred în zadar... nimic nu mai contează... dar era frumos, credeam o prostie frumoasă!

Sper să găsești ușa pe care să intri și unde să vrei să rămâi... la 4000 de ani, s-ar presupune că trebuie să știi. Totuși, ești pe Pământ... și îți cauți... copilăria...

Minte în galop

Natura va fi acolo să mă îmbrățișeze, să-mi aline suferințele, mă va alăpta așa cum a făcut-o, poate, într-o altă viață. Îmi caut strămoșii adânc în mine și nu-i găsesc...Psihicul merge în galop... merge și nu știu de ce o face... cine l-a învățat să meargă? Gândurile sunt niște câini turbați care mușcă din carnea mea din care nu curge roșu, ci negru și alb.

Pașii-mi purtau psihicul spre un întuneric misterios, luminat pe moment de un vis nespus și negândit. Încercam să ridic ochii spre cer, dar nu puteam. Simțeam vocea aceea lăuntrică – să fi fost conștiința? – șoptindu-mi în urechi adevărul unei tinereți zbuciumate de un nu știu ce vag, incert...

O lumină puternică îmi conducea pașii... am ajuns acasă cu imaginația bătându-și, din nou, joc de mine. Poate că timpul nu ajunge, ți se contractă și explodează în timpane, spărgându-se în miliarde de cristale. Poate că dacă zbor la o altitudine destul de mare, mă voi prinde pe mine, cel care a fugit de pe Pământ.

Încerc, în zadar, să mai prind copilăria; sunt un copil care fuge spre și dinspre ea... Mă cert cu tine, peste ani... tu, mai în vârstă decât mine, vei rupe aceste gânduri sau vei alina copilul din tine? Voi fi devenit un vis pierdut printre stele, în negura viitorului?

De ce nu am fost o pasăre?

Mă doare capul îngrozitor... dar voi continua să merg spre infinit, întrebându-mă, la fiecare pas, ce-a fost asta? Poate o dovadă că exist, dar că, existând, nu exist. Voi merge cu speranța deșartă că voi simți care este ușa prin care să intru... poate se va deschide singură ca prin miracol. Poate voi înțelege numele celui care patronează biroul din spatele ușii, pe care scria, parcă, ceva... dar a dispărut mult prea repede.

Îmi fac punte din durere, lacrimi și tristețe și merg încrezătoare pe ea în brațele naturii sau doamnei cu coasa. Asta-i, în fond, viața, drumul acela, mai lung sau mai scurt, între mama naturală și cea adoptivă. Poate dincolo, ne vom putea îmbrățișa din nou mama care ne-a dat naștere, care a știut că a creat monștri cu fețe de om ipocrit, false pretenții de inteligență și nonconformism... fel de fel de fețe sau doar o singură față multiplicată la infinit.

Toți dorm și nu știu de tine... dar nici tu nu știi de tine, de mult, tare de mult... Întunericul te pătrunde, te îneacă, te amețește, te adoarme și... visezi... o lumină; visezi ceva care să-ți înece ființa pentru totdeauna. Încerc să-mi păstrez echilibrul firav pe punte, să nu cad în nimicul dintre aer și apă. Noapte, întuneric... o să stau puțin jos să mă odihnesc.

Sper să nu cad din patul vieții în patul unei reflecții, iluzii ale vieții de nimic... acolo unde nu ai la ce să te gândești; ai, poate, doar la cine și, de aceea, acel cine te adoarme și-ți spune: *rămâi aici, nu mai pleca!* Dar tu trebuie să pleci, să nu te uiți în urmă, să nu regreți, să pleci și-atâta tot.

O dorință spre ceva, spre un ceva grandios, te împiedică să fii așa cum dorești, să fii tu și nu un altul cu zâmbetul forțat, fals, afișat pe fața-i aparent dulce sau care, uneori, nu exprimă nimic. Încerc să pun expresii pe chip și niciodată nu le nimeresc... simt ce nu pot să exprim și exprim ce nu simt.

Timpul îmi promite o palmă în viitor pentru că mă joc din nou cu literele, cuvintele, gândurile, dorințele, visurile și cu mine. Timp mai este, dar nu și pentru mine... Ce să fac acum? Nimic, lasă-te dusă de curentul vieții. Poți să mergi chiar și mai repede... nu se știe nici puntea asta cât o să mai reziste.

E o apă în depărtare, poți să te arunci. Nu, nu e sinucidere, e doar dorința de a zbura, oriunde, dar de a zbura precum o pasăre. De ce n-am fost o pasăre să mă omoare vânătorii, să hrănesc gurile flămânde? De ce n-am fost un câine vagabond pierdut în farurile mașinilor?

Timpul te târăște și-ți spune: *hai, hai, sari mai repede! Puntea a luat sfârșit, e timpul să cobori sau, poate, să te înalți. Oare ce vei alege? O să vedem... acolo poți scăpa de mine.*

Sunt, dintr-o dată, fericită! Mă izbește realitatea asta prostească în față, cu ideile ei fixe de a te ocupa și de ea, acum când tu te uiți de la capătul punții sau de pe muchia unei prăpastii. Te mai uiți o dată în urmă... prostii! Realitatea nu știe unde ești, iar când o să afle, o să-și trimită soldățeii să te prindă, să te aresteze pentru gândul necugetat de a fi dorit să-ți iei zborul.

FLUTURI NEGRI

Mă lupt, încercând să le scuip în față prostia pe care am putut să o înghit atunci când m-au ținut captiv în carcerele lor mizere și infecte. Încerc și poate voi reuși să evadez. Henry Miller avea dreptate... să evadăm din pădurea de piatră, din haosul acela din centru.

Undeva, în mine, maleficul râde, iar angelicul plânge... ei bine, mi s-a năzărit să le amestec precum culorile și am obținut altceva... un nimic crud, rece, care vrea să te înghită sau doar să te-mbrățișeze... Rânjește și-mi spune: *mai poți să râzi?*

La naiba! Dispari, nălucă idioată! Oare cine m-a aruncat în piesa asta proastă? Îi vezi pe ceilalți luptând o viață întreagă să aibă unde dormi, să aibă ce mânca, să aibă și ei ceva, deși știu că, undeva, în depărtare, îi așteaptă moartea cu adevăratul ei harem. Tot ce ai avut, toată lupta ta, se va pierde în negură, în neant... de ce să lupți atâta și pentru cine?

Mi se perindă prin minte imagini din războaie purtate de stafii, prunci bolnavi încă de la naștere și sărmani înfometați... Moarte, negură, întuneric, neant, viață, vis, realitate, himeră... m-am săturat, am obosit... m-am plictisit.

Secunde

Secundele se aud... ele trec, trec, trec mai departe, mereu în haită, niciodată singure. Te atacă, te sfâșie, se hrănesc cu tine, cu trupul și sufletul tău...Ce bine ar fi ca, la miezul nopții, să nu mai existe timp, secunde, să fie doar clipe invalide, suspendate într-un crunt întuneric... să rămânem toți fără grai, să nu ne mai mișcăm, să trăim în noi, cu noi și pentru noi.

Privesc ceasul și văd că nu a murit, văd minutarul, secundarul că, încă, mai trăiesc... și mai văd și un zâmbet ironic pe fața-i hidoasă. Îl privesc și-mi spune că nu am nimic de făcut, că timpul trece așa cum a trecut și până acum... așa cum va mai trece!

M-am născut? Oare m-am născut și eu un prunc normal, un prunc curat, nevinovat... poate... poate că da, dar, apoi... apoi, da, dar când? Când? De ce?

Ce bine-ar fi ca-n noaptea de Crăciun să ne ridicăm cu toții la cer, să fim o noapte, măcar o noapte, îngeri... Totul pare a fi degeaba, făcut pentru nimic, pentru nimeni... plutesc într-o bulă de săpun și respir vid, vid... vidul vieții îmi pătrunde în ochi, în suflet... și bula se sparge și eu dispar așa cum am apărut... fără a ști de ce și pentru cine.

Dacă nu reziști, luptă! Dacă nu vrei, luptă! Dacă e ușor, luptă! Dacă e prea greu, luptă! Dacă e ceva orice, luptă! Continuă

FLUTURI NEGRI

cum poți, dacă mai poți! Secundele trec în galop pe lângă tine
și tu te pierzi în praf de stele și te îneci cu fum.

Am omorât un fulg de nea

Ninge! În sfârșit, ninge! Într-o casă părăsită, căreia încerc să-i dau viață, stau și privesc pe geam cum ninge... ninge... Dacă există viață, atunci nu e în mine, nici în ceilalți, ci e în voi, fulgi de nea! Ce luptă se dă între voi – lupta pe viață și pe moarte! Luptați s-ajungeți undeva, pentru cineva. Ce bine că mai există cineva care să se uite la voi, privind pe fereastră ca și cum s-ar uita la televizor la *O poveste de Crăciun*...

Poate că acel fulg nu se topește; poate nu moare, poate doar dispare și iar apare. Poate că acolo, undeva, în acel fulg care-mi cade acum pe buze... sunt eu sau poate tu și ne jucăm – suntem din nou copii – dar a ajuns pe buzele-mi fierbinți și s-a topit... unde să mă caut pe mine? Unde să te caut pe tine, copii fiind?

Nu știu ce se petrece în sufletul meu. Simt că, și acolo, anotimpul este altul – poate că-i iarnă, poate că nu... cred că ninge și fulgii se joacă, se luptă sau se ucid. Sunt nămeți; uneori, pătrund acolo, dar nu mai pot să înaintez. Atunci, mă gândesc la bobul de rouă și încerc să descopăr lumea microscopică de care vorbea Eminescu.

Noi... lumea noastră... de ce n-ar fi și ea tot o lume microscopică? De ce? Sunt, în fond, atâția oameni mici, atâtea suflete și creiere mici. Caut sensul vieții în acel fulg, poate în mine, poate în tine, poate în noi, călătorii din întuneric!

FLUTURI NEGRI

Unde-mi sunt sentimentele? Cine mi le-a furat? Nu mai e decât cenușă și un haos al frânturilor de sentimente, dar nici nu mă obosesc să fac curat. Poate ar trebui să nu mai caut. De ce trăiesc oamenii? De ce se încăpățânează să trăiască, să țină de viață, de-a lor și de-a altora... mă auziți? Răspundeți! Cine mă ceartă? Cine mă înjură, cine mă dojenește? Cine mă urăște, cine mă iubește?

Am început să iubesc haosul, mizeria, suferința, tristețea, fulgii de nea care vin pe pământ, ca și noi, doar să moară. Iubesc focul și marea... natura și moartea, căci ce-i mai natural decât ea?

Căldură insuportabilă

———

singurul lui dușman părea a fi monstrul acela înfierbântat
••• de pe cer, care-i arunca priviri îndrăznețe și încerca să-l
mângâie pe creștet cu niște mâini lungi și fierbinți. Se simțea
rănit în mândria lui, i se părea incredibil ca soarele să se
îndrăgostească de el.

Ar fi vrut să se plângă cuiva, dar toți l-ar fi crezut nebun. Ce
putea să facă? În fond, numai el era de vină când cineva se
îndrăgostea de el. O singură dată iubise și el pe cineva, dar
persoana aceea îl făcuse să sufere și, de atunci, n-a mai putut să
iubească. Asta ți se întâmplă dacă te îndrăgostești de propria-ți
persoană: ajungi să nu te mai suporți și să nu-i mai suporți nici
pe alții.

Frumusețea aproape satanică a acestui bărbat a dus în prăpastie
multe suflete inocente, de care el nici nu-și mai aducea aminte...
din figura lui, ochii erau cei care te fascinau, te dominau, te
posedau... cred că acolo dormea demonul, de fapt, se prefăcea
că doarme.

Dacă răul se ascundea în el, nu înseamnă că-i plăcea acest lucru;
dimpotrivă, am spune, își ura latura de seducător criminal de
suflete. A încercat de atâtea ori să renunțe, dar nu a putut; de
fiecare dată, dorea să se privească în oglindă – era ca o ultimă
dorință pe care nu putea să nu și-o îndeplinească. Era suficient
ca să uite de gândul sinucigaș. Ura pentru propria persoană era
subjugată de dragoste și așa o lua de la capăt: el, certându-se

și împăcându-se cu monstrul din ochii lui languroși. Femeile pe care le cunoscuse nu-l putuseră uita pe acest zeu frivol, dur, vesel, cinic, râzând mereu de suferința și de dragostea lor pentru el.

Chipul ei îi invadă conștiința și trezi remușcarea la viață... era prima dată când simțea așa ceva și nu-i plăcea. O văzu stând pe banca aceea murdară din parcul rece, așteptându-l pe el... se apropie de ea, dar fu surprins de forța cu care vântul încerca să-l împiedice să înainteze; totuși, demonul se dovedi mult mai puternic. Ajunse în spatele ei... simțindu-i prezența, fata îl privi cu ochii ei mari, calzi, în care părea să sălășluiască Dumnezeu... Ce păcat că ochii lor erau posedați!

Amintirile îl sâcâiau de multă vreme, îl oboseau fizic, dar și psihic... dacă nu ar fi înconjurat de oameni care să-i distragă atenția sau de soarele ăsta blestemat care-l fixează cu privirea, ar înnebuni. Amintiri neclare, chipuri odată cunoscute, zâmbete vulgare, fețe îmbătrânite, ridurile unei femei, lacrimile unei mame și soarele fascinat de ochii lui... toate se încăpățânau să ajungă la suprafață. El le îngropase, dar ele, altădată subjugate de voința lui infernală, voiau să se răzbune.

Începură să prindă contur, se ridicară în picioare și începură lupta cu propriul lor stăpân. Amintirile deveniră realitate, roșul acela sclipitor deveni sânge cald și ușor sărat... imaginea mamei nebune, rânjind la el, ochii ei privind prin tine, urletele ei de fiară în captivitate... chipul iubitei dispărute în mod misterios, buzele ei care șoptesc veșnicul blestem: *"Să mori sufocat de o dragoste fierbinte!"* îl doborâră la pământ.

În genunchi, zeul decăzut îi cere iertare soarelui pentru că l-a privit... iubitul de pe cer e neîndurător cu el.

În faţa lui apare copila aceea pe care nu o putuse uita... părul incredibil de blond, rupt parcă din soare, ochii albaştri, o frântură din irisul imens al lui Dumnezeu, buzele de un roşu supranatural, paloarea chipului ei, parte din chipul Satanei ce l-a ispitit... Merge alături de el, îl îndrumă ca o adevărată călăuză... spre ce? Poate spre soare. O văd şi eu, o vede şi el... ne apropiem de lumina aceea obsedantă pe care o dorim, dar care ne pătrunde în carne, în sânge, în fiecare celulă păcătoasă a trupului nostru stăpânit de copila ruptă din Soare.

Aşa deveni bărbatul rază, reuşind pentru prima dată să încălzească pe cei pe care-i privea. Ochiul lui nu mai îngheaţă, ci topeşte... este fierbinte... totul clocoteşte în el! Nu va mai scăpa niciodată de căldura pătimaşă şi sufocantă a soarelui căzut în capcana întinsă de copila aceea... blestemată copilă născută din imaginaţia mea.

... se trezi în patul lui, învăluit în cearceafurile ude, de parcă un uriaş ar fi plâns în somn, dar îşi dădu seama că era vorba de o banală şi sufocantă căldură şi de transpiraţia propriului trup. Privi fereastra şi văzu cu uimire că era întuneric; se bucură nespus, simţind că nu-şi pierduse definitiv libertatea iluzorie, putând trăi nestingherit până la apariţia îndrăgostitului nărăvaş.

Simţea că tot trupul îi ia foc, ochii îl ardeau, sufletul său se lupta cu flăcările unui iad edenic. Drăcuşori cu chipul de copilă îl conduceau spre locul păcătoşilor inocenţi, graniţa nesuferită dintre rai şi iad. Acolo se afla Soarele, care-i împiedica pe adversarii din cele două tabere atât de apropiate să comunice sau să treacă de partea cealaltă.

Portarul acesta necruţător se afla pe tărâmul nevinovăţiei, dar era o rază care se încăpăţâna să-şi lungească mâinile palide pe tărâmul nostru. Tăcerea se sparse în mii de bucăţi fantastice; fiecare luă o altă formă, până când în faţa lui apăru zâmbetul larg al unui oarecare demon. Cânta ceva, se pare că încuraja raza să-l înhaţe, dar noul venit se sperie şi vru să urmeze exemplul copilei care se volatilizase cine ştie când.

Încercă să fugă, dar nu reuşi... picioarele se îndreptau grăbite spre blestemata aceea de rază... la fel mâinile, apoi îl trădară şi organele sale, multitudinea de ţesuturi şi celule care-şi renegau stăpânul... numai inima se zbătu mai mult, lăsându-se cucerită cu greu, dar, în cele din urmă, cedă şi ea insistenţelor razei rătăcite...

Căldura e de vină! Nu mai există haine, nu mai există nasturi, nu mai există decât trupuri alergând nedumerite din faţa vânătorului cu suliţe încinse. Ochii lor aleargă disperaţi în urma stăpânilor care-şi caută dezorientaţi mâinile prin nisipul roşu; buzele se îngrămădesc pe zidurile din camera unui veşnic adormit, rânjind la el şi încercând să-l ispitească pe zeul adormit şi lipsit de apărare. Chipul alb ca fildeşul, şuviţele părului înfiorător de negru, buzele reci şi trupul mirat sunt comedia pe care destinul o joacă în faţa unor biete muşte ce zboară într-o dulce agitaţie.

Uşa se deschide... o copilă plânge... o rază se stinge în apus!!!

Prizonierul unei pisici cu ochelari

Am văzut casa, da, sigur... i-am spus că nu-mi place, dar locul acela mă fascina. Eram la birou, afară era cald și toți dormeau. Am căutat ceva în sertar, voiam să semnez niște documente. Creioane, stilouri, linii, ștampile începură să vorbească într-o limbă ciudată. În cele din urmă, mi-am dat seama că vor să-mi spună ceva. Pe rând, șopteau și strigau: *Acolo, acolo, acolo! Repede, repede, repede!* ca în incantațiile unui clan malefic.

Bineînțeles că m-am dus noaptea; pentru că nu aveam chei, am forțat ușa, care, de altfel, era foarte nervoasă; mi-a strigat patetic: *Cum îndrăznești?* Am ignorat-o și am ajuns în interior.

Casa era destul de neprimitoare, așa că nu-mi puteam explica fascinația asta diabolică. M-am așezat pe un scaun și a început să plângă. Surprins, m-am ridicat și am vrut să plec. Scaunul, după mine...

M-am răzgândit și m-am pregătit sufletește să ascult lamentațiile bietului patruped. Așa am aflat că scaunele suferă; le doare când se așază cineva pe ele. Nimeni nu se gândește să-i bandajeze piciorul ros de șoareci în delir. Astfel, ochii mei devin nori de ploaie. Îmi rup cămașa și-mi bandajez amicul. Îmi mulțumește, îmi strânge mâna și, apoi, urc la etaj.

Intru în dormitor... întuneric... o mână mă bate ușor pe umăr. Mă întorc și parcă disting, în lumina lunii, un tablou. Mă roagă să nu fac zgomot, să nu aprind lumina, pentru a proteja suferindul din cameră. Mă îndrept spre pat şi văd un bibelou spart. Îmi vine să râd, dar tabloul mă fixează cu privirea. Îl întreb ce doreşte şi-mi cere să deschid uşa dinspre baie. Acolo se află medicamente, pansamente şi alte lucruri necesare însănătoşirii prietenei sale.

Deci bibeloul este o fată! Deschid repede uşa, iau un termometru, câteva tuburi cu aer şi o oglindă. Eram curios să văd dacă bibeloul respiră, aşa că m-am folosit de oglinjoara, care, imediat, mi-a confirmat.

Îngrozitor! Ce rană urâtă! O ating pe obraz, suspină; îmi dau seama că nu este conştientă. O bandajez şi, apoi, îi verific temperatura: 15 grade Celsius. Cam mult pentru un bibelou! Când eram mic şi aveam febră, luam toate bibelourile din casă şi mi le puneam pe frunte, pe obraz, pe buze, până făceam schimb de temperaturi.

Fata – bibelou se trezeşte şi rosteşte un nume. Înţeleg că este al tabloului, deoarece bietul de el face eforturi deosebite să urce în pat. Îl ajut, amândoi se iau în braţe, îmi mulţumesc şi-mi spun că pot să plec.

În hol, aud un ceas... mă orientez după tic-tac-ul său şi-l găsesc. Îl privesc şi văd că este un hoţ care se teme că va fi prins şi condamnat. Îmi dau seama cu uşurinţă ce a furat: ore, atât de multe ore. Se zbat disperate în interior, dar el nu le mai dă drumul. Devine violent... încerc să ajut orele acelea să scape din captivitate, dar nu ştiu dacă, din lupta aceasta între mine şi ceasul deşteptător, voi ieşi învingător. Nu ştiu, nu cred... timpul trece, mă loveşte, nu cred... mă doare, rana de la cap, piciorul, nu pot să urc... Dar voiam atât de mult să ajung acolo... să iau bibeloul în braţe, să-l pun pe buze pentru ca febra să treacă...

Toate pozele din toate albumele dau naştere la generaţii întregi de oameni. Toţi vor fi liberi, numai eu voi fi o poză în mii de albume.

Acum, în 3010, o pisică mioapă îşi apropie mustăţile de chipul fierbinte din fotografie. Îşi cheamă copiii, nişte nasturi dolofani, şi le spune: *Ăsta-i strămoşul meu.*

Mie îmi vine să plâng, dar ea nu vede; îi este ruşine de un astfel de ascendent şi mototoleşte fotografia. Aşa se întâmplă când vrei să eliberezi timpul: devii prizonierul unei pisici cu ochelari.

Hei, Robo!

Timpul a trecut şi ne-a lăsat cadou un pachet mare, un fel de cutie colorată în roşu şi verde. Curioşi cum suntem, am deschis-o... A apărut un fel de om, ce-i drept cam ciudat!

S-a apropiat de noi, am făcut prezentările şi, apoi, am început un joc – unul în care nu există învingători şi învinşi. L-am întrebat de ce e trist, dar apoi mi-am dat seama că întrebarea este stupidă. Cum să nu fii amărât când ai structura unui robot?

Politicos, el a vrut să-mi dea, totuşi, un răspuns. Aşa am aflat că bietul de el locuieşte în apartamentul unui bloc situat aproape de stradă şi că are foarte des insomnii. Glumind, l-am întrebat ce face când nu poate să doarmă. Mi-a spus că bea, fumează iarbă, citeşte romane postmoderne şi ascultă rock. Dar obsesiile lui revin mereu... trebuie să bea, trebuie să-şi ia drogurile necesare pentru a calma vocile din interior.

A doua zi, o ia de la capăt! Dacă ar fi avut măcar un loc de muncă în care să-şi risipească individualitatea. Încercând să-l consolez, i-am spus: *Bine, dar ai şi tu o familie şi sigur te susţine.* Atunci s-a întristat şi mi-a mărturisit cu vocea stinsă că el şi ai lui abia comunică: sigur, îşi spun *La mulţi ani!, Crăciun fericit!, Casă de piatră!* atunci când bunele maniere o cer, dar nimic nu ajunge la suflet.

Şi toate întrebările care-l preocupă! Cât ar vrea un antidot! Măcar dacă n-ar mai fi suferinţă, violenţă în jur. Bietul meu roboţel! Am aflat că fusese internat într-un spital de boli nervoase. Totul a început în ziua aceea când şi-a găsit câinele mort în apartament. Murise în chinuri groaznice. Şi cum robotul meu îşi putea imagina întocmai cum se întâmplase, a început mai întâi să plângă, apoi să urle, să se zgârie pe faţă... s-a trezit la spital... acolo, a întâlnit o fată ce încercase să se sinucidă, un schizofrenic, câţiva drogaţi şi alţi oameni în suferinţă.

Se enervează... îi face rău să povestească! Îmi cere o ţigară de marijuana şi slavă Domnului că am. Toţi fumăm, toţi, toţi... totul în jur se învârteşte. Unul întreabă: *cine ţi-a făcut cadou oglinda asta?* Îi răspund stupid că timpul. Şi, apoi, totul se termină... aud ca prin vis porecla mea: *Hei, Robo!*

Dar nu mai răspund... nu mai pot...

Bătrânul și fata

Bietul bătrân!!! Și acum, tot singur îl văd cum traversează îngândurat strada pustie, purtând niște haine ponosite, pe care le are de pe vremea când era tânăr... pașii-i sunt rari, neîncrezători, parcă temându-se să nu întâlnească, în drumul său, fantomele trecutului.

Oare la ce se gândește acest om? Pe chipul său se citește veșnica lui întrebare, care i-a pătruns în carne, în spirit, încă de când era un copil: ce rost are existența lui? De ce singurul răspuns pe care-l întrevede este: pentru a hrăni niște ființe inferioare, care ne provoacă greață numai când le rostim numele. Așa se întâmplă și cu animalele pe care noi le sacrificăm? Oare și lor le este scârbă de noi? Prea multe întrebări și nicio certitudine... numai ele l-au adus în acest punct al singurătății depline... o singurătate cruntă, pe care nu poate s-o blesteme, deoarece a fost scopul vieții lui...

Dacă pe când era tânăr, trezea admirația celor din jurul lui, acum este doar o epavă, o viitoare cină pentru monștrii pământului, care mai trezește, cel mult, mila noastră, a celor ce avem o familie și destule preocupări pentru a ne distrage atenția de la nonsensul existenței.

Se plimba pe stradă, asemeni unei fantome care nu-și găsește liniștea, acum, la ora la care toți închină un pahar în cinstea noului an. Încercă să-și aducă aminte numele unei cunoștințe, care, la fel ca și el, trebuia să-și suporte destinul până la capăt.

Se concentră pentru a găsi numele cuiva căruia să-i poată face o vizită fără să-l deranjeze în intimitatea sa. În cele din urmă, acest nume pe care voia să-l uite, îi invadă din nou conștiința. Era numele unei tinere de aproape douăzeci de ani, pe care o cunoscuse într-o zi de toamnă.

Deși întotdeauna l-au indispus amintirile, imaginea acelei fete, care stătea nemișcată pe banca unui parc, îi încălzi sufletul de-atâta timp înghețat. Astfel, fără permisiunea lui, gheața se topi și fața îi fu scăldată de niște lacrimi mari și fierbinți. Deși îi făcea plăcere să stea de vorbă cu ea, simțea că influența pe care o are asupra ei este prea mare, știa că-i va distruge viața. Cu toate astea, nu se putea abține să n-o vadă. Poate era doar egoismul și lașitatea cuiva care nu-și suportă singurătatea și suferința, poate era afecțiune pentru această copilă ce-i putea fi fiică... sau poate era ceva mai mult, care-l speria și, în același timp, îl atrăgea.

Deși conștiința lui nu luase încă hotărârea de a o vedea, pașii săi se îndreptau deja spre casa ei. La ultima întâlnire, fusese cam dur cu ea, așa că nu știa și nici nu putea să prevadă care va fi reacția ei. Intenționat o făcuse să sufere, sperând că o va îndepărta de el. Dorise s-o sperie pentru că și el era speriat... deși între ei nu fusese nimic, de fiecare dată când o vedea, se gândea la ceva interzis, de parcă relația lor ar fi fost una incestuoasă. Simțea că o atracție puternică pusese stăpânire pe amândoi, iar magnetul ce-i unise fusese doar întâmplarea. În același timp, își dădea seama că între ei nu poate fi vorba de dragoste.

Gândurile îl însoțeau permanent, erau mereu alături de el și-l făceau să uite pentru câteva clipe de coșmarul în care-și transformase viața. Așa se explică surpriza sa când se văzu în fața casei ei. Deși îi cunoștea adresa, n-o vizitase niciodată, probabil tot din cauza spaimei. Urcă scările și apoi ciocăni la ușă.

După clipe ce i se părură ani, frumoasa Izabela îi deschise. El încercă să-și justifice prezența printr-un pretext, dar ea îl rugă să nu facă asta și-l invită înăuntru. Era cam stânjenită, deoarece îi ascunsese multe lucruri despre viața ei, lucruri de care el nu avea cum să nu-și dea seama acum.

La început, îl sperie povestea acestei fete care încercase să păstreze secretul sărăciei în care trăia, dar pe care camera în care locuia o trăda. El nu voia să lungească aceste momente dificile pentru ea, așa că începu prin a-și cere scuze pentru comportamentul pe care-l avusese la ultima întâlnire. Totuși, semiîntunericul în care era nevoită să-și petreacă serile devenise de-a dreptul sufocant pentru el. Nu știa despre ce să mai vorbească... la un moment dat, se agăță de eternele lor întrebări: *ce mai faci? Ce-ai mai citit?*

Timidă, ea luă o carte din grămada care se găsea pe podea și i-o arătă. Aștepta să vadă reacția lui în momentul în care-și va da seama că cea care-i *„furase"* cărțile era nimeni alta decât ea. În sufletul ei se cuibărise teama că el se va supăra, asta, poate, și pentru că văzuse că-și încruntase sprâncenele. Deodată, el începu să râdă, gândindu-se la spaima ei de copil, care se teme că va fi mustrată pentru năzbâtiile ei.

Chipul fetei se lumină brusc și el putu să vadă asemănarea izbitoare care exista între ei doi. Poate acesta era unul dintre motivele pentru care ținea atât de mult la ea. Așa își petrecură toată noaptea de Anul Nou, vorbind despre sens şi nonsens, despre moarte şi iubire... însă niciunul nu îndrăznea să vorbească despre ce simţea cu adevărat pentru celălalt.

În prima zi a anului, Izabela se mută la el, simţind că, nefiind împreună, ei nu pot exista. Era vorba mai mult de dorinţa de a trăi decât de dragostea pentru celălalt... Pentru că cine ar putea să suporte prezenţa unei alte fiinţe care să-ţi semene într-atâta încât să te identifici cu acea persoană până în cele mai mici detalii? Dacă asta gândea ea, el ştia că poate să moară oricând. Destinul este imprevizibil şi nu voia să fie singur.

Câţiva ani au fost fericiţi, prea mult s-ar putea spune. Zeul pustiului luă din nou în stăpânire sufletul bărbatului... El voia să lupte împotriva destinului şi luă hotărârea să nu-i spună Izabelei nimic. Uitase, însă, că ea îi citeşte gândurile, aşa că-l surprinse dorinţa ei de a face o plimbare prin parc.

Era o zi rece de iarnă. Seara îi împrăştiase pe oameni pe la casele lor, dar, totuşi, pe aleile îngheţate ale labirintului de la marginea oraşului, se mai zărea conturul a două siluete, a două fantome. Mergeau una lângă alta, fără a-şi spune nimic... poate şi datorită presimţirilor ce-şi găsiseră adăpost în inima lor.

Pânza de păianjen

Copil desenând un cerc fără centru vizibil... o voce rupând tăcerea în mii de bucăți și cerându-și dreptul la viață... imagini răsfirate în ordinea haosului. O fetiță de cinci ani adoarme cu capul pe masă...

Luă paharul de pe birou și privi prin el copacii tineri de afară; fața i se crispă, mâinile deveniră gheară și paharul se sparse. Cioburile erau acolo, sub ochii lui puternici încă... speriat că l-ar putea găsi cineva, a încuiat ușa, a acoperit ferestrele și oglinzile și, apoi, s-a predat propriilor pasiuni. A mers în pat... a ezitat pentru o clipă în timp ce răceala cioburilor se scălda în căldura sângelui lui. Atunci s-a născut marele lui vis... el era Creatorul.

Un punct invizibil deveni stăpânul camerei sale; o pânză uriașă de păianjen apăru deodată pe podea cu viteza unei minți bolnave. Un pui de koala sau doar o fetiță era prinsă în pânza blestemată a nimănui; s-a zbătut, a plâns, dar nu a renunțat. A început să se cațăre, dar s-a împiedicat de sângele coagulat; a mers mai departe, deoarece voia să ajungă acolo unde era Creatorul pânzei: în mijloc! Nu a văzut pe nimeni, dar trebuia să fie cineva acolo.

Cineva din întuneric a strigat-o. Era speranța ei de a găsi ceva care să o însoțească în drumul spre nicăieri. Îi spuse să privească în jur... o chitară, un copil, o floare... asta era tot ce văzu. Chitara începu să cânte durerea paharului spart; fata se enervă și o lovi în picior pentru a-i opri vaietele. În drumul ei nu mai era nimeni, cu excepția chitarei ce îi amintea că există lacrimi oriunde există fericire.

Erau atât de mulți spini! Picioarele o dureau... nu putea gândi deloc, deoarece, în jurul ei, era atât de mult roșu și asta din cauza speranței sale căreia i se scursese tot sângele din vene. Chitara continua să cânte, dar, parcă, mai fericită decât înainte: văzuse o floare al cărei căpșor roșu răsărea în depărtare. A văzut-o și fata, și zâmbetul ei era mai mare decât al chitarei. Urcând tot mai sus, putu vedea și tulpina verde a florii.

În cele din urmă, vârful era cucerit... în sfârșit, acolo; dar victoria era doar o iluzie. Era un corp pe jos... era ea, dar un pic mai mare. Murise cine știe cum și când, dar o minunată floare cu căpșorul roșu și tulpina verde îi răsărea din piept. Fetiței nu îi era frică și chiar se apropie de corpul inert. Și-a pus mâna pe locul de unde miracolul răsărise și a simțit inima acelei fete bătând. Nu murise încă; floarea o ținea în viață. Fetița începu să râdă, spunându-și că nu mai văzuse niciodată așa ceva, apoi începu să meargă mai departe, reflectând continuu la asta.

Doi ochi, în spatele ei, se deschiseră ușor pentru ultima dată, două lacrimi căzură pe chipul palid, iar mâna stângă se ridică anevoios și apucă floarea din piept... și, astfel, viața îi părăsi corpul firav. Apoi, fetița începu să meargă mai repede pentru că își dorea atât de mult să ajungă în centru.

Ajunse în vârful muntelui. Era o bisericuță acolo, așteptând-o cu ușile larg deschise. Începu să râdă din nou, minunându-se de lucrurile ciudate care îi apăreau în cale. Nu voia să intre în biserică pentru că nu era, încă, momentul. A continuat să meargă mai departe spre destinul ei. Simțea că nu mai era chiar atât de mult până la destinație... în spatele ei, biserica dispăru, dar, în fața ei, apăru un copac foarte vechi. Știa că se va întâmpla asta. Două scări ieșiră din copac și o voce îi spuse să aleagă una.

O alese pe cea care se îndrepta spre inima Pământului... a urcat fără să fie speriată de întunericul pe care-l iubea atât de mult. A ajuns unde voia. Centrul este chiar acolo, în fața ei. Păianjenul își fixă prada... fetița își privi inamicul cu dispreț. Lupta începu! Pe pământ, se afla o floare ruptă din pieptul cuiva, o chitară spartă, un pahar făcut cioburi, o scară distrusă și un lacăt... o muscă sau doar o fetiță stătea în mijlocul lor și păianjenul nu era nicăieri!

Ușa se deschide... dar nu este nimeni în cameră. Mama ei o lăsase iar singură. Ciudat este că nu își încuiase ușa; mereu îi spunea să nu intre în camera ei. "Dar ce tot desenează? Nu mă lasă niciodată să îi privesc desenele".

S-a apropiat de masă să le vadă mai bine, dar era prea întuneric în cameră, așa că aprinse lumina... "Pentru numele lui Dumnezeu! Sânge... sânge... sânge peste tot!".

Sânge

Cream în visu-mi doi bulgări ce vorbeau codificat
Și doar eu magicul lor cuvânt îl înțelegeam.

Prea curând, însă, am făcut un mare și dureros păcat.

Nu mai știu ce, dar îmi aduc aminte că plângeam.

Nu a rămas decât apa și apa s-a transformat în suspin,

Pe care l-am sorbit până la ultima moleculă de durere.

Atunci am simțit curgând în mine al lumii ucigător venin

Și am jurat să plâng în veșnicie pentru așteptata înviere.

Zborul spre stele

Ești deja în cer; poate ești și tu o stea și mă privești de sus,

Sau poate undeva pe crestele munților îngropați în zăpadă,

Sau poate în raza de soare ce-mi străpunge inima ca o spadă,

Sau poate în ochii scăldați de lacrimile unui nebun ce se crede Zeus.

Prin acea fereastră văd o mare de stele inerte, în genunchi în fața Ei,

A acelei corăbii luminate de razele ce curg spre mine din nucleul atomic divin,

Dar astrele își încheie rugăciunea și viața lor începe și se sfârșește cu *Amin*.

Asta-i, în fond, viața, o clipă între alfa și omega, un *Amin* rostit de zei.

Atâția oameni mici, cu siguranță mici... nu știu de ce sau pentru cine.

Cine se-ascunde în spatele cuvintelor noastre obscene, murdare... cine?

În spatele nostru se ascunde un altul, un păcătos ca și noi ceilalți.

Mâini firave şi-ostenite de-atâta suferinţă sau de-atâtea crime gratuite

Îţi inoculează în suflet dorinţa şi instinctul de anihilare sau de viaţă.

Totu-i putred, totu-i trist, totu-i pierdut...

Doar vântul şi timpul, într-un râs demonic, îmi biciuie voinţa,

Voinţa de a trăi, voinţa de a visa, voinţa de a iubi.

Acesta a fost, probabil, ultimul act al comediei jucate în acest an.

Labirint mortal

Mergeam... mergeam... mergeam prin pădure, dar nu reușeam să ajung la capătul drumului. Voiam să văd și eu lumina pură. Voiam să-l văd pe Dumnezeu, să-l privesc în ochi și să-l întreb: *E lung romanul ce-mi poartă numele?* Dar care nume? Uitasem că n-am nume.

Poate sunt pescar și mă cheamă Iona, poate mă voi sinucide și eu din prea multă singurătate. Sau poate mă voi întâlni cu El și mă va convinge sau poate nu... cine știe? Or să vadă alții. Acum poate-i amiază sau poate-i sfârșit... de zi sau de viață! Eu nu am nici măcar un cuțit la mine. Cum îmi voi putea obține libertatea? Prea multe griji îmi fac. Dar ce naiba? Doar nu sunt Iona și nici Marin Sorescu nu e Dumnezeu, sau poate că e, știu eu?

Poate sunt Gelu Ruscanu, dar nu, și el s-a sinucis. Trebuie să fiu ceva mai optimist. A! Știu... sunt femeie și mă cheamă Tofana și... nu, și ea se sinucide! În plus, ea iubește, eu nici să mă prefac nu pot. Mi-am adus aminte: sunt al șaselea și acum sunt în genunchi. În fața cui? Sunt în fața propriului meu stăpân: Ziditorul, Creatorul, Marele Anonim blagian sau Meșterul Manole. Îl văd: e îmbrăcat în alb și tace. Tăcerea lui e și ea albă, orbitoare. Nu face nimic; de fapt, îmi pune mâna pe creștet... parc-ar fi Iisus.

Sunt cam amețit, nu mai știu nimic. Cine acordă binecuvântarea? Meșterul sau Iisus? Sau poate totul e o aiureală şi doar eu mă văd în genunchi în faţa ta, iubito! Da, ştiu... albul: erai acolo, nu ştiu unde, dar era o cameră albă, un pat alb, un chip, probabil chipul tău, şi el nespus de alb.

În jurul nostru, se mişcau mereu oameni în alb şi feţe roşii. Apoi, dintr-odată, totul se face negru, hainele mele sunt negre, chipul meu este, oare, pătat cu cerneală? ... căci şi el este negru... Pe lângă mine, multe feţe roşii se prefac a fi negre. Privesc cerul şi observ că e la fel de negru ca atunci. Sau poate eu îl văd aşa, iar în realitate este albastru. Ce bine-ar fi dacă l-aş putea vedea şi eu. Mi-aş imagina că-ţi văd ochii. Şi ei erau tot albaştri.

Plouă sau lacrimile tale curg pe obrajii mei, de acolo din cer? Nu... probabil e soare... deja văd razele, le simt. Sunt oare braţele tale ce mă trag spre tine? Să mai merg, poate o să-mi revin din amorţeala asta. Trebuie să găsesc pe cineva pe-aici. E aproape seară şi trebuie să mă întorc. Bănuiesc că cineva, undeva, mă aşteaptă. O să mă aşez jos, mă odihnesc şi apoi plec... E toamnă, aşa că frunzele o să-mi fie aşternut.

E plăcut să stai lipit de trunchiul puternic al copacului, să priveşti cerul şi să-ţi plimbi degetele albe prin frunzele moarte, sperând că vei vedea un păianjen cu o cruce pe spate şi visând în zadar că va vorbi cu tine.

....

Erau zeci de păianjeni şi toţi voiau să-ţi intre în sânge şi să-ţi transmită mesajul divin. Astfel, ţi-ai putut îmbrăţişa iubita. Acum e dimineaţă şi Eu pot să-ţi văd zâmbetul pe chipul adormit pe veci în braţele albe ale soţiei.

Muntele cu amintiri

"*Locuitorii orașului nostru sunt bolnavi și fericiți. Vă rugăm să vă păziți! Nu intrați în localitate dacă vreți să fiți fideli trecutului. Noi, uitând de morală, am înșelat trecutul, prezentul și chiar viitorul... nu ne rămâne nimic, nu mai avem nimic, păziți-vă!*" – cuvinte scrise pe zidurile de la marginea orașului aflat în părăsire... nu există vechi, există doar noul ce veșnic moare și veșnic se naște, spre disperarea nimănui. Mă uit la voi și văd că sunteți copii, ce nu cunosc decât senzații și vagi clipe de durere și mă întreb dacă e chiar atât de rău ce s-a întâmplat cu voi.

Acolo, pe munte, au aterizat niște vulturi. I-am întrebat ce poartă-n cioc și nu au vrut să-mi spună; m-am luptat cu ei, dar erau mai puternici decât mine... mă enervează că nu știu în ce constă puterea lor. Știu că nu e vorba de forță, dar atunci unde? Unde să caut? Și râsul lor drăcesc te înnebunește. Noaptea îmi sare în ajutor, căci nu li se mai văd ochii dezgustători.

Prost mai sunt! M-am lăsat păcălit de niște păsări! Întunericul mi-a adus disperare în somn și scâncete pe buze... Nu! Nu! Nu!!! Nu! Asta nu se poate întâmpla... am visat. Dar unde-ați dispărut? Un zgomot... cineva se sufocă... Nu! Nu! E doar un coșmar. Mă strigă... muntele-i acoperit de imagini și voci ale tuturor fraților mei, dar eu nu pot să-l ajut... copacii au murit de multă vreme, floarea de colț oferă morții ultimul surâs de copilă adormită pe veci... o mamă plângând, cineva râzând dureros de tare... *copile, copile, de ce m-ai părăsit?...* gardianul îl mângâie pe deținut, îl sărută pe frunte... *îmi pare rău, nu se mai poate face nimic!...* nimeni la cimitir... *aveți un băiat...* întinse mâna... *mama!*

Nu pot să rezist, nu pot, nu pot să privesc, nu pot să ascult, nu, nu! Mă dor ochii, mă dor și timpanele și inima... nu, nu!... În același timp, sunt deținut și gardian, mamă și copil, cimitir și altar, durere și zâmbet nocturn. Nu mai există un eu, există doar amintirile voastre, care, acum, trăiesc prin mine. Va trebui să le suport, să îndur incertitudinea, îndoiala de a nu mai ști care sunt amintirile mele. Dar mai am, oare, ceva care să fie doar al meu?... să fiu eu cel care a pălmuit-o pe mama? Să fi înjunghiat eu acel om? Să fi murit eu fără lumânare?

... în jur, totul prinde viață, zâmbet și contur, în timp ce eu asimilez cu o poftă ancestrală sublimul urât al oamenilor fără amintiri. Florile-și ridică genele spre cer în semn de mulțumire, animalele îngenunchează și spun o rugăciune fără cuvinte, râul continuă să curgă ca și ieri, ca și-ntotdeauna, muntele respiră din nou ușurat.

Eu plec... nu știu unde, dar nici nu mă interesează și nu vreau să-mi întreb gândurile ce au de gând cu mine. E treaba lor... aș vrea să mă culc, dar știu sau simt că dorința e destul de periculoasă: odată adormit, vulturii îmi vor trimite din nou frânturi din visele, amintirile și viețile altora, suferința ce vrea să prindă rădăcini într-un pământ arid. Pot să suport prezența acestui iad al tuturor și, totuși, doar de mine trăit, dar nu pot să-mi țin ochii deschiși pentru a privi raiul fals al acestor monștri lipsiți de conștiința monstruozității lor. Inocența, a cărei mizerie sunt sortit s-o văd înflorind malefic în jurul meu, este, oare, sfârșitul? Sunt eu un nou Mântuitor? Nu m-ar încânta deloc ideea de a fi răstignit pe crucea amintirilor lor... și măcar de-ar mai fi cineva alături... de-aș întâlni tâlharii!? Oare merg de mulți ani prin munții aceștia? De mult nu mai urc, am început să cobor...

... cine-i tânărul care se apropie de mine? Caut în cufere, buzunare și alte încăperi în care dorm înghesuite niște fete. După un scurt dialog cu ele, aflu că tânărul din fața mea este fiul meu, lucru ce mă șochează, doar sunt eu însumi un copil. Acest dandy provincial îmi vorbește ca unui bătrânel... îi cer o oglindă. Începe să râdă, ivindu-și dinții de porțelan, dar, până la urmă, scoate din buzunar o oglinjoară. Îmi văd chipul învăluit în cute adânci de durere străină de sufletul meu rămas neatins.

- Cred că sunteți mai tânăr decât vă arată chipul, probabil ați suferit mult. La noi, aici, totul e nou... deși caruselul ăsta ne îmbătrânește și pe noi.

În timp ce mergem unul lângă altul ca doi străini, el vorbește și eu îl ascult. Uneori se oprește și, râzând, se scuză că a uitat, dar eu observ fascinat că palatul negru al cărui stăpân devenisem este fermecat. Nu este unul obișnuit, din păcate; asist neputincios la creșterea lui în spațiu. Noul meu amic începe să tremure, galbenul și, apoi, albul îi cuceresc chipul răvășit de o suferință căreia nu-i cunoaște numele. Oare ce s-a întâmplat? Îl întreb, dar mă privește ciudat și îmi spune că sunt nebun.

- Ştii? Poate ai dreptate... e din cauza femeii care a trecut pe lângă noi. Mi se pare cunoscută... poate mâine voi avea mai mult curaj.

- Asta crezi tu, naivule! Mâine vei spune sau vei gândi acelaşi lucru, aşa că noul vostru-i foarte vechi. Ţie ţi se pare cunoscută, eu o cunosc... şi, pentru prima dată, mă bucur că ai rămas fără acel ieri care te-ar duce în păcat. E rău fără amintiri, e rău şi cu ele, dar cel mai rău e să ţii minte ce ai câştigat după ce ai pierdut. Mă doare când văd dorinţa licărind în ochii tăi, iar ea... ea... s-a uitat complice la tine sau poate la mine când eram tânăr.

Nu se va întâmpla nimic atâta timp cât rezist acestui climat. Îi urez multă sănătate şi fericire, dar, în sinea mea, mă rog să nu cunoască niciodată împlinirea alături de cea care îi zâmbeşte inconştient. Mă plimb prin oraş, cu dorinţa de a mi se întâmpla ceva, cu speranţa că voi face rost de nişte amintiri care să-mi aparţină cu adevărat şi... o găsesc pe ea! Ca şi el, începe să-mi povestească despre sentimentele ei, confuze şi dureroase. Mă răneşte indiferenţa ei în faţa trupului meu şi înstrăinarea pe care ochii ei o trădează. Ipocritul din mine începe să vorbească... mă ascult scârbit cum îi vorbesc de diferenţele dintre noi. Parcă citind în mine, are un moment de luciditate şi-mi spune că toţi sunt nişte păcătoşi.

- Ai grijă ce faci, ai grijă ce-ţi doreşti! Dacă ziua ar fi mai lungă, am ajunge în iad sau... daca te hotărăşti să renunţi la ceea ce ai, să ştii că sensul e de la dreapta la stânga.

Se ridică şi plecă, lăsându-mă cu mirarea pe faţă; o bătrână din apropiere trăsese, probabil, cu urechea, căci se apropie de mine și-mi spuse că femeia aceea nu trebuie luată în seamă pentru că e nebună. Las totul în voia lipsei și îmi iau tălpășița din acest oraș în care nu se întâmplă nimic, deoarece inocenții o iau, în fiecare zi, de la capăt, lăsându-mă pe mine să le port în spate păcatele... cruce care râde maiestuos pe spinarea mea scheletică. Sunt aproape liniștit; cel puțin, așa s-ar traduce ignoranța mea prefăcută în fața destinului meu și, astfel, și al altora. O să mă duc iar pe muntele vesel unde, poate, mă așteaptă cineva...

Râsul tău, muntele meu drag, e un semn al abisului în care te voi scufunda. De ce? Pentru că nu-mi place cum râzi... cred că-i un motiv destul de serios, nu? Simt că am obosit. În curând, o să renunț la amintirile mele. Deocamdată, nu! Acum o să mă culc și-o să visez...

... muntele își descleștează cu greu buzele de piatră. Mă întreb de ce face efortul ăsta supraomenesc? Vocea divină din el mi se adresează: *Muntele a devenit invincibil! Nu mai poți lupta împotriva lui. Clubul Vulturilor a hotărât că tu vei fi de acum înainte răspunzător de ce se întâmplă acolo jos. Nu uita că sensul e invers... păcatele ce le vei provoca vor fi preluate de cel născut din ele...*

... frica-i cea care vorbește-n mine; doar n-o să mă gândesc acum la aceste vise stupide. Muntele-i șmecher, vrea să mă păcălească, dar nu va reuși! Îi e teamă să ia în spinarea sa încovoiată de o vârstă nevăzută o parte din povara mea. Renunț la primele amintiri, nu i le dau muntelui, dar le înapoiez fraților mei. Așa nu o să mai păcătuiască, o să-și cunoască fiecare obârșia și eu o să rămân doar cu ultimele lor păcate.

... vântul bate, noaptea îmi aduce în ochi imaginea unui prunc ce plânge spre disperarea părinților lui. Și pata aceea din dreptul inimii... nu se poate... asta nu am înțeles: sensul e invers, de la dreapta la stânga... copilul plânge și nu se mai oprește...

... acolo, un băiat de cinci ani se joacă și râde. Mama lui se apropie, dar el se preface că nu o vede; o urăște: *De ce o urăsc pe bunica? De ce? Pentru că e o păcătoasă. Oare de ce vorbește atât de mult? Vreau să plece ca să pot să râd... vreau să vorbesc cu bunicul, să mă învețe să trăiesc și să râd cu lacrimi...*

- Bunicule, ce face muntele?

- Te așteaptă pe tine...

Tăcere la capătul firului

Boabe mari de grindină se transformă în cădere în picături firave de apă caldă, parcă temându-se să-şi lovească pământul în pântece. Îndrăzneala naturii se topeşte, dar rămân în continuare timidele picături care devin o perdea fină, dincolo de care îmi văd ca printr-un vis sentimentele şi gândurile rebele.

Ies în ploaie să simt pe propria mi piele valul de frunze moarte, din ce în ce *"mai moarte"*, care mă înconjoară. Totul mă invită la dans, iar eu, lipsit de orice voinţă, cedez ispitei. Intru în jocul naturii, accept sărutul picurilor calzi pe buzele mele reci, accept să intru in hora frunzelor de toamnă timpurie.

În ochi se-ncaieră boabe de mercur, în urechi se sparg bucăţi de cristal, pe nas mustăţile unui crin palid, pe pământ amestec de sânge şi nisip... şi nicăieri eu – marele înfrânt al celor pătaţi de dorinţa întunericului.

Cineva îmi zâmbeşte, cred că mă şi salută, dar eu nu reuşesc să înţeleg sau să-mi amintesc când, unde sau cine. Păcat că eu nu sunt şi ea este sau invers, căci oricum nu mai contează. Am de ales de a ieşi din sau de a rămâne în şi îmi dau seama că nu mă pot hotărî. Totuşi, cred că voi rămâne... ridic receptorul să dau un telefon, dar aud o voce care nu seamănă deloc a voce: *Toţi vreţi să rămâneţi, dar ştiţi că nu se poate, pentru că eu exist numai prin ieşirea voastră!* ... tăcere, tăcere care vorbeşte... lipsa unor ochi ce ne privesc, a unui gând ce ne gândeşte şi aparenta noastră voinţă şi sănătate mintală. Receptorul se loveşte cu fruntea de podea, iar eu mă lovesc de ziduri invizibile. Încerc să mă prefac şi-mi spun că nu s-a întâmplat nimic, dar ceva numindu-se, probabil, nelinişte mi se strecură în vise.

Era noapte şi somnul nu voia să-şi facă datoria, aşa că m-am îmbrăcat şi am ieşit pe strada care mă aştepta, de parcă aş fi întârziat la întâlnire... m-am certat puţin cu îndrăgostita mea şi apoi am abandonat-o, căci era prea insistentă şi cicălitoare. Am intrat într-un bar în care veneau tot felul de oameni, ceea ce mă surprinde. Mă aşez la o masă, într-un colţ puţin luminat şi mai liniştit, ca să mă apăr de privirile indiscrete. Dacă înainte de miezul nopţii totul pare normal în barul acela, după aceea, localul devine lăcaşul unor nebuni. Lacrimă şi zâmbet, amar şi dulce, alb şi negru, iad şi acelaşi iad prefăcut pentru unii în rai te orbesc şi, în acelaşi timp, te ţintuiesc pe scaunul cu trei picioare. Plictisit de linii drepte şi enervat că nici nu urc, nici nu cobor, mă ridic, fac o reverenţă şi plec... şi ce dacă?

Aproape că mă lovesc de cerşetorul care se pare că voia să-şi consume puţinii bani pe-un pahar de băutură... el îi spunea ambrozie; fie credea că-i El, fie îl liniştea atât de mult încât nu-şi mai dădea seama că e om. Simpatic... cel puţin aşa mi s-a părut la început. Voiam să plec, dar el mormăia într-una ceva, ce nu ştiu dacă era voce sau nu. În cele din urmă, înţeleg că el nu voia să intre în bar ca să bea ceva, aşa cum mă gândisem eu, ci dorea să mă întâlnească şi să-mi spună ceva: *Cineva vrea să vă întâlniţi...* Îl întrerup, dar el se enervează şi-mi mai spune doar câteva cuvinte, pe care le interpretez ca bătaie de joc: *... du-te şi culcă-te! Nu uita... ne vom întâlni în noaptea asta cu El...*

FLUTURI NEGRI

Când am reuşit să-mi descleştez gura pentru a vorbi, mi-am dat seama că el dispăruse. Iritat de această ciudăţenie a nopţii, mă îndreptai spre casă. Am urcat grăbit scările, am deschis uşa şi m-am culcat. De ce? Nu ştiu nici eu... picioarele grăbite, conştiinţa înfierbântată nu îmi aparţineau... cine crede că trupul sau sufletul ne aparţin se înşală, dar, reuşind să fie păcălit, trăieşte mai mult şi mai bine. Luna nu le inspiră teamă, căci pentru ei există doar soare, uneori îmbrăcat în alb, alteori în negru... depinde de rolul pe care vrea să-l joace-n film mirele sau mireasa... înainte de a adormi, am simţit că în cameră a răsărit luna şi, cu lumina ei dubioasă, a trezit vântul din somn... a început să bată tare... cine? Probabil vântul sau inima mea.

Biserica pustie şi rece, noaptea şi cerşetorul acela, şi eu şi El... unde? În mine şi-n aer sau peste tot. Vântul pălmuieşte ferestrele şi ele încep să cânte domol în cor. Eu le privesc şi mă întreb ce se întâmplă cu biserica asta. Uşa imensă s-a închis pe veci, făcându-mă să mă simt prizonierul unor îngeri cu mâini ispititoare. Cerşetorul pare că trăieşte în alte lumi decât ale mele şi răceala lui mă scoate din sărite. Arată de parcă ar aştepta ceva sau pe cineva, dar buzele lui rămân mute şi sufletul lui închis pentru mine. Mâinile acelea nu stau pe zid, ci se apropie de mine... dar apare El. Doar o voce şi parcă nici atât îmi vorbi ca unui copil:

Sensul nu are sens, iar eu nu am răbdare să liniştesc pruncul ce visează moartea sau copilul ce se trezeşte din somn şi plânge pentru că ştie că axa lui se va sfârşi... şi... poate că ne vom mai întâlni. Dacă mă vrei, nu mă ai, dacă încerci să mă ignori, te voi păzi ca să nu evadezi din închisoare. Oricum, şansele tale sunt mici, gândindu-mă la gardianul pe care ţi l-am ales... te las cu el!

Vântul trezeşte din nou ferestrele... visul se înfioară de mine şi eu de el, aşa că mă scol şi mă duc să privesc trecătorii. De obicei, mă linişteşte mersul lor preocupat şi uşor grăbit de parcă ar întârzia undeva. Acum, însă, mă sperie aceste fiinţe pentru că nu reuşesc să-i văd, să-i simt... mulţime de frânturi fără legătură, aglomerare de nelinişti fără ieşire, amestec de durere şi bucurie travestită în compasiunea aproapelui.

În ciuda proastei dispoziţii pe care mi-o dăruise buna noapte, m-am dus, totuşi, la atelier. Uşa era deschisă, ceea ce m-a bucurat. Mă încânta gândul că voi găsi pe cineva asupra căruia să-mi revărs revolta şi neputinţa. Lucrurile nu stăteau deloc aşa cum mă aşteptam eu. Pe podea, în mijlocul camerei, se afla paznicul meu... cerşetor idiot care mă urmăreşte de parcă ar fi umbra mea. Mă priveşte rânjind ca un dement în timp ce se ridică şi se apropie de mine... îndrăzneşte chiar să mă atingă. Este prea mult pentru nervii mei pe care dansează un elefant, nervos şi el că pe spatele lui se joac-un şoricel... mai sunt câteva ore de ploaie şi de somn ritmat de sforăiturile celor fără păcat.

Sânge galben, un cuţit uitat de mine printre pânzele pictate sau poate doar ruginite de timp, mâini pătate sau îmbrăcate în roşu şi alb, buzele unei femei întipărite pe haine decolorate şi eu uimit de mine. Camera se umple de tristeţe şi disperare, dar şi de hohotele ironice ale vocii intrate pe nesimţite în atelier: *Timpul infinit îşi va arăta chipul... priveşte-l, om nebun ce vrei să-mi iei locul! Să vedem dacă ştii să vezi. Sper să nu reuşeşti... dacă reuşeşti, eu dispar şi tu trăieşti... şi asta-i tot o pedeapsă, doar că e prelungită în eternitate, scumpul meu criminal.*

FLUTURI NEGRI

Am ieşit în fugă din încăperea aceea, loc de întâlnire a infinitului cu mine, a vieţii cu mine, dar din păcate nu şi a mea cu mine. Strada era mută, încremenită, paşii se blocară undeva între două lumi identic opuse, guri vrând să spună şi ochi vrând să privească, urechi vrând să audă, eu nevrând tăcere şi singurătate... începuse să plouă sau poate nici nu se oprise vreodată, ci doar noi trăisem în încremenire.

Haine de care nu se atinge ploaia, străzi care nu plâng şi un singur om, poate viitor zeu, plângând şi lăsând picăturile să se unească pe obraz cu lacrimile lipsite de sare... un telefon public! Colac de salvare pentru un naufragiat în întuneric. Intru în cabina telefonică în care plutesc aripile unui ceva care acum nu mai există... de ce au mai rămas aripile, de ce îmi apar rămăşiţele acelui cadavru? Unde-ai dispărut? De ce buzele nu pot să-ţi rostească numele?

Păsările au plecat, îngerii m-au părăsit, au intrat în încremenirea celorlalţi şi aici mă aflu eu, un telefon blestemat şi o carte de telefon... disperat, caut numele Lui... mirarea se revarsă în fluvii în jurul meu şi-n mine: doar două nume în această carte, ciudat mister inepuizabil! Îl văd pe primul, este al lui, al unui dumnezeu lipsit de majusculă... formez nervos numărul şi aştept... aşteptarea se transformă din eternitate în clipă şi din clipă în eternitate.

Vocea nu-mi răspunde, dar eu întreb mereu "unde eşti?". Singur, doar cu mine, îmi aduc aminte şi de celălalt număr din cartea magică. Citesc numele şi văd că-i al meu, scris cu litere mari, ce se desprind de pe foaie şi cad pe jos, se împrăştie prin aer, pe stradă, în visele oamenilor sculptaţi de mine şi-n rugăciunile celor nevoiași. Accept ridicolul și-mi dau telefon, dornic să aud pe cineva... în receptor prinde viață splendida mea voce, îmi răspunde la întrebările ce m-au erodat secole întregi, transformându-mă-n epavă eternă și rece. Ceilalți își continuă viața, eu îi ajut să trăiască și să moară, și ei mă ajută să exist. Glasul meu acoperă vocile celor ce vorbesc, strigă, dar, de fapt, șoptesc...

Plouă și eu mă întreb și-mi răspund că durerea-i o dreaptă și nu un segment!

Toamna

Singur, pe străzi scăldate în lacrimi de toamnă,

Îmi caut durerea anilor pierduți de mult în noaptea vieții...

Pe frunze moarte îmi pun piciorul tremurând și mă-nfior

De-al arborilor bocet... de-a gândului durere...

Oh, natură încremenită!!! Mi-ai dat răceala ta!

Eu simt că voi rămâne doar un sloi de gheață,

Care se va topi, poate, odată cu venirea doamnei în negru.

M-am născut într-un balon de săpun, trăind iluzia vieții,

Dornic să zbor singur și să mă arunc în prăpastie,

Sperând ca un nebun că voi atinge abisul.

Când, oare, suferință, am făcut un pact cu tine?

Aș mai putea, oare, să încalc legământul?

De ce nu îmi răspunzi? Știu că ești de-atâta timp în mine.

Picuri reci îmi mângâie chipul pătat de durere,

Șoptindu-mi povestea nostalgicului anotimp.

Intru în comuniune cu natura, o simt, o înțeleg!!!

Suspinele sunt notele unei simfonii a sufletului,

Iar ploaia o simfonie a naturii, un vis magic de toamnă.

48

Un Narcis cu inimă de copil

Ce se întâmplă cu oamenii? Ce se întâmplă cu ale lor cuvinte? Totul e doar o aparenţă brutală, care ascunde un adevăr crud... dacă vrei să rezişti, trebuie să cauţi printre cuvinte, deşi nici aşa nu este sigur că vei putea găsi ceva!

... un joc magic de copii maturi – ăsta este cuvântul! El poate face din nimic un tot şi din tot un nimic. Acum, când ultima modă a sufletului pare a fi orgoliul, folosim din plin cuvântul pentru a ne ascunde sentimentele şi pentru a-i răni pe alţii.

Şi pentru ce? Doar pentru a nu auzi cineva bătăile unei inimi singure? Preţul pe care trebuie să-l plătim mi se pare cam mare... chiar prea mare. Şi, de cele mai multe ori, inima este bunul cel mai de preţ al omului orgolios... doar că nu suportă ca nişte critici lipsiţi de experienţă şi bun simţ să o evalueze... Bine? Rău? Nu ştiu. Important e să priveşti în jur şi numai atunci să hotărăşti dacă este nevoie să te ascunzi în spatele unor cuvinte.

Ce se întâmplă dacă loveşti în inima unui alt orgolios? Poate distrugi o relaţie, poate distrugi un om, o viaţă, poate te distrugi pe tine şi sistemul tău prost construit. Nu e chiar atât de uşor să vorbeşti, este o responsabilitate foarte mare pe care puţini şi-o asumă. E greu să fii prins între inimă şi orgoliu, e şi mai dureros să nu-ţi dai seama de asta... sau să priveşti într-o zi în oglindă şi să nu mai zăreşti decât o fantomă cu lacrimi mari pe obrazul de o paloare neobişnuită.

Orgoliosul nu poate iubi decât o singură ființă... știe asta, o caută, dar nu o găsește. E mereu îndurerat... într-o zi, o voce din neant l-a trezit la realitate: *Ți-ai uitat numele?*

NARCIS... NARCIS... NARCIS!!!

El se iubește pe sine... pentru el, ochii celorlalți reprezintă doar oglinda în care își poate admira chipul. Se simte atras de oamenii puternici. La început, a crezut că este vorba de dragoste, dar a ghicit, apoi, în el dorința nebună de a-i face pe ceilalți să îngenuncheze și să le ia puterea! A plâns, crezând că suferă din cauza celor ce l-au părăsit, dar era doar teamă: teama de a vedea că el nu există pentru alții, că nu poate deveni mai puternic decât ei, că au plecat înainte de a-i subjuga.

Deși pare un om tare, un om cu inima împietrită, el nu face nimic altceva decât să-și protejeze copilul din el, să-l apere de mâinile mari și grele ale "adulților". Orgoliul este crusta cu care ne învelim sufletul de copil, este haina strălucitoare a unui monarh puternic...

Ceilalți se îndepărtează de tine din ce în ce mai mult, iar tu devii din ce în ce mai singur... copilul din tine începe să plângă, obosind, în cele din urmă, să-și strige în zadar mama... Dar care-i drama ta, biet visător? Ai aflat, oare, că nu poți trăi printre oameni? Sau ai aflat că, în același timp, îți sunt și indispensabili pentru a exista, pentru a nu te dizolva în neant?

Poate alții te văd ciudat, poate cred că ești posedat de diavol, dar tu nu ești decât un om cu o inimă de copil... un om care ar vrea să iubească, dar nu poate. Doar seara, singur în așternutul rece, te lupți cu fantasmele care nu te lasă să dormi. Încerci să le alungi cu mâinile, dar vezi că nu poți și-atunci începi să plângi. Îți dai seama că singurul tău dușman ești tu. Te ridici din pat și te duci la fereastră; afară, totul te cheamă...

În toiul nopții, pe străzile scăldate de ploaie sau de lacrimile tale, doar pașii tăi se mai aud. Încotro te îndrepți tu? Te văd cum alergi după ceva: probabil este fericirea ta. Vrei s-o prinzi, să o urmezi acolo unde se duce și ea... Dar ea există doar pentru zei și doar în cer! Ești tu dispus să o urmezi? Nu înseamnă că trebuie să te ridici spre înălțimi, ci doar că va trebui să ai curajul să privești în oglindă și să ai tăria să nu o spargi. Vei obține doar o liniște aparentă, căci în sufletul tău nu va înceta nicicând furtuna... și acel copil va plânge în continuare acompaniat de stropii reci.

Incertitudine

19.01.2001, 00:25

Noi toţi spre moarte privirea ne-o-ndreptăm,

Cu teamă şi teroare noi o aşteptăm,

Dar când va să vină, eu ştiu c-o vom iubi

Şi nici trecutul, nici prezentul nu ne vor opri.

Merg, merg... şi ajung în deşert: caut şi nimic!

Nicio oază de speranţă în nisipul blestemat,

Niciun licăr de lumină... mă înec într-un neant.

Am găsit, însă, ceva: e moartea – credinciosul meu amic.

Căutam orbeşte sensul vieţii pe-o axă de la - la + infinit

Şi m-am speriat: nu am găsit axa şi nici pe cineva în jurul meu.

Nu eram decât eu şi dureroasa iluzie a unui prea puternic zeu

Şi poate şi zâmbetul ironic al unui demon surghiunit.

Trandafirul

20.01.2001

Întrebări și cuvinte fără sens, într-o lume a iluziei născute din cuvânt,

Poate *viață*, sau poate *moarte*, sau poate doar un veșnic fraierit pământ

Căruia mereu îi vom oferi trupurile noastre dezgolite, efemere...

Lipsite de sufletele încărcate de fericire sau de-o plăcută durere.

Degeaba-ncerci să fugi, demonii mereu te vor urmări, acolo sau aici,

În cutia cu diamante false ce ne vor orbi pentru a deveni din ce în ce mai mici,

Ai întotdeauna de ales: fie să trăiești, să speri și să mori sperând,

Fie să fii o larvă și nimic mai mult... și să pleci fără să fi sperat nicicând.

Știi și-o aștepți ca un nebun îndrăgostit pe preafrumoasa Ta nevastă,

Poate pentru că te urăști pe tine și sufletul tău hidos de hârtie prost colorată,

Pe care doarme căpșorul însângerat al unui trandafir care s-a revoltat

Împotriva mea și-a Ei... o idee și doar atât: Iisus sacrificat și eu îndurerat!!

Pierdere și regăsire

25-26.07.2001

Își plecă ochii deoarece nu voia ca ceilalți să vadă că nu plânge. Ura această adunare la căpătâiul celui ce murise. Ce știau ei despre cel ce trecuse într-o altă lume, de ce veniseră ei aici, acum, spionând, parcă, mișcările fiului nesimțitor...

Gândurile i se amestecau în cap, sentimentele în inimă și imaginile cretinilor ce veneau să-și prezinte condoleanțele i se perindau într-un mod extrem de dureros prin fața ochilor. Nici acum nu putea să-și elibereze sufletul din carcera în care nu știa nici el cine-l închisese.

... cineva sau poate Cineva îl închisese într-o celulă neagră, murdară și rece și apoi aruncase cheia în negura existenței demonice. Ar fi vrut să plece, să-i lase pe ceilalți cu gurile căscate și cu impresia că el este un nemernic ce nu iubește pe nimeni și nimic.

Ura pentru acești pământeni crescu din ce în ce mai mare, dar... cineva veni și-i spuse: *Condoleanțe! Tatăl dumneavoastră a fost un...*

- Taci! Ești un netrebnic. Îți faci datoria; te simți bine știind că te-ai comportat așa cum trebuia și că ai spus cuvintele potrivite.

Omul, mirat de această izbucnire din partea unui om pe care-l crezuse întotdeauna echilibrat, îngăimă câteva cuvinte în semn de rămas bun și plecă.

Cum cheia celulei părea să-i fi căzut în mâini din întâmplare, el deschise, iar sufletul său adevărat își luă zborul. Redeveni el însuși sau, cel puțin, se născu în acel moment un cu totul alt om. Până atunci, fusese doar un tânăr tăcut, liniștit, fără consistență în realitatea percepută de ceilalți.

Își amintea că, de fiecare dată când vorbea, vocea lui avea o sonoritate stranie, îndepărtată, ca venind parcă de pe altă lume. Era vocea prizonierului... Probabil din cauza aceasta, conținutul celor spuse de el era atât de bizar, atât de morbid, exprimând doar furie lăuntrică.

Acum își regăsi eul pierdut și izbucni asemeni unui râu care-și iese din matcă în urma unor ploi abundente. Pentru ceilalți, el era, acum, doar un nebun. Ce puteau să creadă, văzând un om cu totul schimbat, diferit, într-un mod neplăcut, de cel cu care ei erau obișnuiți. Plecară cu sentimentul pe care-l are un om sănătos atunci când își părăsește aproapele aflat în spital. Se simțeau ușurați, dar, în același timp, simțeau și mila cum le îngreuna inima. Această compasiune era mai mult o datorie, o obligație, decât un sentiment pur. Pentru ei, totul era un vis, un vis neplăcut; știau că era noapte și știau că trebuie să viseze...

Plecară, iar el rămase singur, așa cum voise și cum îi plăcea. El și tatăl lui... singuri cum nu mai fuseseră, poate, niciodată. Amândoi își mărturiseau acum, în voie, dragostea unul pentru celălalt, sentiment ce nu mai ieșise până atunci la suprafață.

FLUTURI NEGRI

Strivindu-și orgoliul și sila, tânărul își sărută tatăl pe frunte. Simți privirea tatălui său ațintită asupra sa și își aduse aminte de anii din urmă, în care fuseseră ca doi străini.

Își spuseseră unul altuia cuvinte dureroase, dar poate că niciunul nu credea cu adevărat cele spuse. Ar fi vrut să întoarcă timpul înapoi, să-i poată spune tatălui aceste două cuvinte, banale în aparență, dar care puteau salva viața celui ce-l crescuse: *Te iubesc!*

Ar fi vrut să șteargă cuvintele brutale pe care i le spusese, să uite că, fără să vrea și fără să simtă asta cu adevărat, călcase în picioare inima unui om, a părintelui său. Cum putuse să-i spună că între ei nu era dragoste, ci doar obișnuință, necesitate și nimic mai mult decât instinctul autoconservării, care se voia satisfăcut. Ceva adevăr era aici. Tatăl său dorise ca el să urmeze aproximativ același traseu pe care-l urmase și el în viață. Dorea să dăinuie și după moarte în pieptul unui om tânăr, dorință care se impunea la modul violent și inconștient în relația cu fiul său.

.... Ajunsese la un nivel destul de înalt, dar nu știa nici el prea bine cum se întâmplase asta. Acum, văzându-se la înălțime, căută o punte de susținere, dar nu o găsi. Nu se impacientă, se îmbrăcă doar cu perspectiva unui copil, crezându-se, astfel, ferit de intemperiile vieții de adult, de mascul capabil să-și urmărească prada, oricare-ar fi ea. Cu cât se lovea mai rău, cu atât plângea mai tare. Aveau lacrimile să se usuce pe fața acestui om matur, cu sufletul, încă, înmugurit? Când va trăi și el într-o lume a florilor? Se apropia, însă, vântul care să-i usuce chipul umezit de lacrimile copilului din piept.

Dincolo de moarte

Și dacă aș înceta să exist, s-ar schimba oare ceva? Mă refer, bineînțeles, la univers. S-ar sinchisi de dispariția mea în neant doar cei ce mă cunosc și, cum nici ei nu sunt nemuritori, voi pieri definitiv. Oare ce să fac pentru ca ei să nu mă uite? Îmi doresc doar atât: cât timp trăiesc, să nu trăiesc în van. Nu știu ce mă neliniștește în halul ăsta, dar îmi e al dracului de rău... Sufletul palpită, tremură, dansând în acord cu vibrațiile unei muzici care îmi accentuează starea depresivă. Inima îmi bate ca reacție la un stimul venit dinlăuntrul ființei mele sau al unei alte ființe la care țin.

Trebuie să fac ceva mai mult decât să mă lamentez. Nu știu, poate să sufăr mai mult. Ciudat în ceea ce mi se întâmplă este durerea care urmează de fiecare dată când întâlnesc pe cineva care să mă înțeleagă, să mă asculte cu adevărat sau cel puțin să se prefacă asemeni unui adevărat și talentat actor. De ce durere? Asta nu înțeleg. Nu știu de ce, dar presimt că vinovată este boala asta infernală pe care am căpătat-o: narcisismul. Deși, în același timp, mă urăsc la fel de mult.

Mă doare că, în urma despărțirii, eu nu mai trăiesc, nu mai am consistență în lumea interioară a celuilalt. E rău că nu-mi pot controla aceste stări, ele devenind chiar o obsesie a vieții mele. Dacă aș fi eu creatorul acestei lumi, cu siguranță aș face în așa fel încât să exist în fiecare om, din momentul în care se naște și până în momentul în care ar trebui să-l fac să dispară, asta pentru a-mi reînnoi imaginea prăfuită. E destul de monstruos ceea ce simt, ceea ce gândesc.

E târziu, ea mă așteaptă, toți mă așteaptă și se întreabă pe unde naiba umblu. Mi-o închipui stând în picioare în fața altarului... îmbrăcată într-o rochie de un alb de-a dreptul insuportabil și care îmi provoacă greață. I-am spus că o iubesc, că vreau să ne căsătorim, dar adevărul este că nu o iubesc pe ea. Mă iubesc insuportabil de mult pe mine, deci și pe cei ce-mi pot oferi o șansă a existenței prelungite, căci eternitatea doar eu pot contribui cu adevărat la formarea ei.

Au mai trecut câteva minute de pasivitate pentru mine și câteva secole de suferință pentru ea. Sunt un monstru care știe să ucidă și chiar îi face plăcere asta: ucid fără să mă gândesc prea mult la victimă, ci doar la cât de atrăgător este roșul. Înfricoșător este faptul de a distruge fără să fac nimic. Poate din acest motiv suport totul cu atâta indiferență. Acum, îmi dau seama de ce inima îmi bate atât de tare... presimt că ea are să moară. Îmi vine rău, gândindu-mă că nu voi face nimic pentru a o împiedica să dispară. Dezastrul este, adesea, provocat de cei care nu fac nimic, mai degrabă decât de cei care fac.

Oare cum se va termina toată povestea asta? Va muri ea? Voi muri eu? Nu prea mă interesează și nici nu prea contează atât de mult finalul... cred că-i mai important cum ajungi acolo. Sunt chiar curios care va fi reacția ei. Femeia cu care aș putea trăi ar trebui să înțeleagă de ce fac asta, ar trebui să i se pară normal ceea ce pentru alții intră în sfera anormalului, bizarului.

Problema mea este că, oricât de mult aș iubi pe cineva, nu-mi pot frâna egoismul, orgoliul și dorința de a fi liber, ceea ce înseamnă că nici eu, nici ea, nu vom putea fi fericiți. Mi-e teamă că nu va înțelege nimic esențial din comportamentul meu bizar și chiar nebunesc. Mi-e teamă să aflu că iubesc pe cineva care nu poate să mă înțeleagă.

Oare ce va face? Probabil, acum, toți și-au dat seama că nu-mi voi face apariția și au plecat supărați pe cel ce i-a făcut să iasă din casă pe o vreme blestemată ca asta. Sunt sigur că sunt pe buzele tuturor; păcat că nu mă vorbesc de bine. De bine... de parcă m-ar fi vorbit cineva vreodată de bine.

Se aude cineva la ușă... oare este ea, venind să-mi ceară explicații? Îmi doresc mult să fie ea, dar, în același timp, nu vreau să cedez acestor sentimente. Deja am făcut mult rău cerând-o în căsătorie și spunându-i că o iubesc... dar să deschid...

Într-adevăr, la ușă era iubita lui. Din câte mi-a spus, se aștepta s-o vadă cu chipul scăldat în lacrimi, umilindu-se și implorându-l să nu o părăsească. Dar nu a fost așa. A intrat fără să-i adreseze niciun cuvânt, nicio privire. S-a așezat pe pat și l-a rugat să-i pună Bach sau Mozart... nu conta prea mult. Pentru că afară se întunecase, el nu putea să-i vadă prea bine ochii. Dacă i-ar fi văzut, poate ar fi înțeles mai mult... simțea că pe amândoi îi unea și-i despărțea aceeași cruntă și bolnăvicioasă tristețe.

O iubea mai mult ca oricând, dar se lupta cu propriile-i dorințe și nu voia să-i spună asta. Ce avea de gând, de ce venise la el, de

ce nu spunea nimic? Tăcerea începea să devină insuportabilă...
o muzică lentă și fluidă încerca să le înece durerea.

Ea continua să tacă, el continua să o privească... oare la ce se
gândea ea?

*Aș vrea să vorbesc, să spun ceva... orice, dar să pun capăt acestei
tăceri asurzitoare, care mă apropie mai mult de marginea
abisului. Totuși, nu pot să deschid gura să scot nici măcar un
cuvânt referitor la ce s-a întâmplat. Oare-și dă seama că nu sunt
supărată pe el, că nu ura-i cea care zace acum în pieptul meu?
Știe el câte nopți am plâns, temându-mă că-mi voi pierde
singurătatea?*

*După chipul lui, îmi dau seama că se aștepta să mă doară
despărțirea asta. Chiar credea că mă mulțumește ideea unei
familii, în care nu faci decât să-ți zdrobești identitatea? Ar fi fost
frumos dacă am fi fost, poate, alți oameni. Poate într-o altă viață
ni se va da posibilitatea unei reîntâlniri, în urma căreia să ne
putem împlini dragostea. Și eu, și el ne iubim prea mult pe noi
înșine pentru a accepta un intrus în sanctuarul ființei noastre. Și,
totuși, și ura este la fel de mare... îmi desenez în fiecare moment
viitorul și simt că este unul dureros.*

*De aceea, nu ar avea niciun rost fericirea de-o clipă, atâta timp
cât știu că, din umbră, mă pândește un viitor stupid pe care eu îl
simt, pentru că eu l-am plănuit ca să-mi demonstrez că nu sunt
o simplă marionetă manevrată de degetele reci și nepăsătoare ale
celui ce mă creează.*

S-a ridicat de pe pat și s-a apropiat de el, i-a sărutat pătimaș buzele reci și apoi i-a mulțumit. Apoi, a plecat fără să-i mai spună nimic altceva.

În camera de burlac a tânărului nostru, se afla fum, foarte mult fum în care încerca să-și înece disperarea provocată de surpriza pe care ea i-o făcuse. Își dăduse seama că nu o înțelesese nicicând, că totul fusese doar închipuire și o falsă speranță că el este unic. Văzând-o în acea seara, și-a dat seama că el nu mai există, că ea nu este iubita lui, ci doar o sosie cu aceleași reacții imprevizibile. Voia ca ea sau el să piară pentru a-l lăsa pe celălalt să-și poarte crucea singur, fără cel mai mic ajutor.

O să ies... afară-i mister, în mine la fel, dar poate întunericul, prin liniștea lui de mormânt, îmi va putea oferi soluția la această dilemă căreia acum nu-i văd rezolvarea.

S-a dus într-o cafenea și, supărat că nu întrevedea ieșirea din problemele lui, a început să bea, încercând să uite că există doi și, astfel, niciunul. Dat afară asemeni unui bețiv ordinar, a plecat spre casă... capul îl durea îngrozitor, picioarele nu-l mai ascultau, ochii nu-l mai ajutau să vadă în jurul lui, îi dezvăluiau doar imagini murdare, sângeroase, care țâșneau din inconștient cu o forță ce reflecta adâncimea la care el încercase să-și îngroape niște tendințe sinucigașe.

Când a intrat în apartament, și-a dat seama că intrase cineva în lipsa lui. Îi simțea prezența și știa că persoana aceea indiscretă se mai afla, încă, acolo. O căută prin toată casa, dar nu găsi pe nimeni. Și, totuși, nu putea să scape de sentimentul ciudat că nu e singur. Nu putea să reziste, așa că se folosi de ultimul său drept: acela de a opri coşmarul când va vrea el şi nu un altul, străin de durerea lui.

....

În aceeaşi noapte, la aceeaşi oră, aceleaşi gânduri morbide şi aceeaşi dramă erau trăite de o femeie despre care toate ziarele din ziua aceea scriseseră că fusese părăsită şi lăsată să aştepte în faţa altarului de un scriitor eşuat. Publicase în urmă cu câteva săptămâni o carte, ce îndurase aspre critici din partea unor oameni care nu scriseseră în viaţa lor cu sânge. De fapt, scriseseră, dar cu sângele altora, pe care, acum, îi aveau, poate, pe conştiinţă. Puteau să creadă că era şi vina lor, puteau să trăiască liniştiţi în continuare, fără a-şi pune astfel de probleme sau puteau să se gândească la cuvintele care încheiau cartea celui ce-ar fi putut deveni un scriitor cunoscut:

Viaţa este mereu un deşert, iar omul este mereu în căutarea unei oaze a fericirii. Vrem noi altceva decât fericire? Şi dacă nu găsim, murim de sete... Mă gândesc la moarte cu zâmbetul pe buze. Nu aş putea să spun de ce... probabil pentru că mi-am dat seama că joc un rol despre ale cărui replici nu am fost consultat. Şi ceilalţi sunt în aceeaşi situaţie, doar că nu-şi fac prea multe probleme. Să fie ei slabi sau doar eu sunt puţin cam nebun? În primul rând, nu îmi place întotdeauna rolul, iar în al doilea rând, mă deranjează faptul că trebuie să mă opresc atunci când altcineva spune: "Gata, ajunge!"... cine-i acest altcineva? De ce nu-şi arată acest scenarist faţa? De ce se ascunde în spatele unei măşti? Şi de ce nu se revoltă nimeni? S-a revoltat Prometeu, dar, din păcate, noi suntem prea laşi să-i urmăm exemplul.

Un lucru pe care te-ai obișnuit să-l vezi în fiecare zi face parte din tine și nu-ți mai pui problema ce caută în locul acela și, cu atât mai mult, dacă propria-ți existență pe Terra are vreun sens. Cam așa se întâmplă și cu viața noastră... și dacă cineva îndrăznește să ne trezească din amorțeală, îi strigăm că a luat-o razna. Refuzăm să gândim la viață, la sfârșitul ei brutal, care pune capăt tuturor fericirilor noastre, convinși că, astfel, vom plasa moartea cât mai departe de prezent. Câtă amăgire!

Vocea de dincolo...

Aud miile de voci din groaznicul mormânt,

Voci ale aceluiaşi eu mort de prea multe ori...

Mă sperii, căci mi-aduc aminte de sacrul legământ

De a nu bea shakespearienele licori.

Aud vocea plăpândă care încearcă să vorbească acum,

Dar care se teme că de nimeni nu va fi înţeleasă.

Mă sperii, căci îmi dau seama că totul va deveni scrum

Înainte de a fi aruncat în jocul acesta prostesc ultima pasă.

De ce nu mai aud vocea din îndepărtatul viitor,

Prea bunul şi încercatul meu ascultător?

Mă sperii, căci îmi dau seama că totu-i o amăgire,

Că doritul şi visatul meu ecou în timp e-o plăsmuire.

O să intru pe uşa aceea, unde lumina mă atrage,

O să merg spre necunoscut, alb ca ultima ninsoare;

Văd de pe acum înspăimântătoarele sarcofage

Şi feţele de o neobişnuită, dar seducătoare paloare!

Unul

Prin verdele străveziu al boabei de strugure, privesc

Al nopții înstelat cearceaf și al zilei prea frumos covor.

Aș vrea să mă înghită, chiar de știu că o să mor,

Al străfundului patron și al meu demon îngeresc.

Vine dimineața și simt alintările dulci ale bunului soare,

Ce-ncearcă, deseori, să-mi aline sângerânda rană ce mă doare.

Mă convinge, dar seara vine iară cu vântul ce aduce înghet

În al meu suflet, ce, dintre toți, numai eu îl cred a fi măreț!

Ție

Ochii tăi captează puterea

Smaragdelor diademei Lui,

Dar tu vrei ca și durerea

În suflet să ți-o pui.

Astfel, în solitudine te vei topi

Asemeni fulgilor de nea,

Ce-ating buzele calde ale unor copii.

Vei deveni apa ce-o vor bea

Dezamăgiții, ce-al lor suspin

Vor să și-l înăbușe, sorbind

Dulcele și-amarul tău venin.

Dar cine-i El, ce vrăjind

Pătruns-a-n al tău piept?

E Supraomul care-n vis

Intrat-a făr-al tău accept,

Oferindu-ți, în același timp,

Al vieţii şi al morţii pisc şi-abis!!!

Pierdut în fereastră

De ce, oare, fereastra plânge? Ca întotdeauna, vrea să intre în comuniune cu sufletul meu. Îngemănarea aceasta este, uneori, atât de dureroasă, dar împlinirea și echilibrul regăsit dincolo de ea sunt însăși viața, sensul de a continua... să merg, ce altceva?

Scriam mamei... dar fereastra mă atrage, mă seduce... mă apropii și-i mângâi ușor chipul plâns și-ndurerat! Îmi dau seama că este așa din cauza mea... din cauza mea... Printre suspine, reușesc, totuși, să-mi aud numele rostit cu atâta căldură de acest singur prieten. Doar ea a rămas lângă mine, doar ea m-a suportat... până acum, până la capăt...

Iar tremur! Mai bine mă așez. Țigări blestemate! Dar e atât de plăcut să te lași pătruns de fum, să privești stelele, să-l asculți pe Mozart și să te ardă lacrimile pe obraz și buze...

S-a oprit ploaia; poate ar trebui să ies puțin. Ce aer rece, înviorător, dar atât de indiscret! Îmi invadează sufletul, cotrobăie prin fiecare colțișor al ființei mele, îmi distruge intimitatea.

Deodată, niște frunze speriate de vântul brutal îmi cad pe chip, mă sărută, nu mai scap de ele... Copacii sunt geloși, văd asta în privirile lor răutăcioase... dar și vântul? Și el vrea să mă ia în brațe? Ce se întâmplă? De unde atâta dragoste? Poate este uneltirea naturii... da! Vor să mă îndepărteze de bunul meu prieten... nu vor reuși! Sunt sigur că mă voi duce acasă și voi găsi fereastra așteptându-mă. Ea... ea mă iubește cu adevărat!

Urc scările... oare de ce îmi tremură picioarele? Deschid și îmi îndrept privirile îndrăgostite spre... Nuuuuuuuu! Nuuuuuu! De ce? De ce m-ai părăsit și tu? Am avut încredere în tine... de ce? De ce? De ce?

....

Începuse furtuna! Era trecut de miezul nopții. Fulgerele aduceau o oarecare lumină în camera tristă și îndoliată de la etajul 4, acolo unde doi prieteni își dizolvaseră suferința în moarte.

Cine râde? Cine îndrăznește să râdă acum?

- Eu, Natura!

Deci chiar li se întinsese o capcană!

- Și te bucuri? Nu-ți pare rău? Măcar puțin...

- Nu! Acum, pot și eu să ascult în liniște... Mozart!

- Da? Ascultă!! Până și moartea are suflet...

Tresăriri

Hm!!! Am ajuns din nou acasă... din nou – de câte ori voi mai putea spune acest cuvânt? Spune-mi, de câte ori? Nu-mi mai răspunzi? Ești supărat pe... pe hotărârea pe care am luat-o?

Sunt singur, singur, singur... ce pot să fac? Dar de ce mă plâng? Nu eu m-am condamnat atunci, în copilărie, la această singurătate murdară? Cât de intens o simt acum, când deschid ușa și, în locul zâmbetului și glasului de femeie, aud miorlăitul bolnav al pisicii... când deschid frigiderul și nu găsesc nimic altceva decât golul și răceala din sufletul meu... când vorbesc cu pisica și mă bucur crezând că ea mă înțelege:

- Ce mai faci, drăguțo, și tu vrei să mori?

Mă arunc deznădăjduit pe canapea și încerc să-mi aduc aminte... Eram ascuns în grădină... o auzeam pe mama strigându-mă, dar voiam să fiu singur: eram prea trist! Începuse să plouă, dar nici atunci n-am vrut să ies din ascunzătoare. Am lăsat ploaia de toamnă să-mi biciuie spatele de copil, am lăsat și stelele să mă privească, am lăsat vântul să mă îmbrățișeze, dar n-am lăsat-o pe mama să mă găsească...

Simțeam farmecul și magia pe care nostalgicul anotimp le arunca peste sufletul și mintea mea de copil. De atunci, n-am mai putut să suport oamenii. Am trăit mereu cu convingerea naivă că sunt un fiu al toamnei; am simțit că frați îmi sunt frunzele, norii, ploaia și vântul...

Da... îmi aduc aminte și de biata mama... Cât a mai suferit din cauza mea!!! Acum nu o mai doare nimic, ochii ei nu mă mai mustră prin blândețea lor, buzele ei nu mai șoptesc cuvinte de dragoste pentru fiul plecat, inima ei nu se mai roagă ca eu să mă întorc.

Da... de-abia acum plâng! Cât m-a iubit și eu n-am fost lângă ea când a avut nevoie de mine... am părăsit-o! M-am lăsat condus, dominat de vocea aceea din interior, care îmi urla în creier îndemnul de a pleca aiurea, de a-mi căuta altă mamă și alți frați...

Și am urmat calea pe care am crezut-o dreaptă, pe care am crezut că voi găsi sensul existenței mele. Am mers, am mers, am mers și... am ajuns aici... în singurătatea asta înfricoșătoare. Mă uit în spate și nu văd nimic, decât singurătate! Mă uit în față și... o văd pe mama! Să fie o nălucă? Să fie doar oboseală și tristețe? Nu! E chiar ea. Plânge, întinde mâinile parcă pentru a mă lua cu ea, acolo în neant, dar și le retrage... imaginea ei devine din ce în ce mai neclară, de-abia o mai văd...

- Nu! Mamă, mamă! Te iubesc, mamă! Iartă-mă, te rog! Nu pleca, nu mă părăsi! Ai fost ca un bulgăre de lumină în noaptea tristeții mele! Întoarce-te! Vreau să vin cu tine!

- Nu, copile! Nu vreau să vii cu mine în noaptea veșnică a liniștii...

FLUTURI NEGRI

- Cum? Mai bine să rămân aici, în această lume, în această viață devenită pentru mine doar obișnuință și rutină? Nu, mamă, nu mai suport să-mi privesc dimineața, în oglindă, chipul strâmbat de durere...

- Cât aș vrea, copile, să-ți mângâi obrazul, să-ți sărut fruntea, să mă joc cu părul tău, acum încărunțit! Dar nu vreau, nu pot să-ți fac rău! Tu trebuie să trăiești... trezește-te, te rog! Și privește mai bine în jurul tău... dacă vei fi și atunci doar tu și chipul din oglindă, voi veni iar!!

- Mamă, mamă, nu pleca!!! Mamăăă...

....

De ce mă doare spatele? Am adormit pe canapea.

- Mama!

- Shhh! Tatăl tău doarme... să nu-l deranjăm. Este obosit; probabil a venit târziu.

- Bună dimineața!

- Te-am trezit? O, dragul meu, îmi pare rău!

Dumnezeule, cine-i femeia asta? Dar... copilul? De ce mi-a spus mama să privesc mai bine în jurul meu? Oare tot ce-am crezut a fi real în viața mea a fost doar un vis? S-ar putea: oi fi fost, într-adevăr, obosit.

- Iubitule, mergem în parc? Ai promis că azi îți petreci ziua cu noi. Ce spui?

- Sigur! Afară este frumos... Hai!

Admiram în tăcere frumuseţea soţiei mele. Îi priveam cu nesaţ ochii, părul, gura... nu mă mai săturam de glasul ei... Bate vântul şi singurul motiv pentru care îl mai suport este pentru că ne împinge pe mine şi pe Dana unul în braţele celuilalt...

- Scumpo, poate ar fi mai bine să ne întoarcem! Cred că va ploua.

- Şi... mergi şi tu acasă? Cum rămâne cu fraţii tăi – vântul, frunzele, picăturile reci de ploaie... doar îi iubeai atât de mult.

- Haideţi, o să răcim!

Ce-o fi vrut să spună Dana? De ce aş prefera frigul naturii în locul buzelor ei?

Băiatul care a distrus cuvintele

Cuvintele – ce sunt cuvintele? O mare de litere în care omul crede în zadar că va putea învăța să înoate. Cineva m-a întrebat, odată, dacă există puritate, dacă există un singur lucru nepătat și neatins de mâinile murdare ale oamenilor...

Da! I-am răspuns sigură pe mine. *Copilul ce nu a învățat, încă, să vorbească...*

Părinții i-au arătat marea și el s-a aruncat singur în ea, convins și el că va putea să înoate. A privit pe țărm și a văzut copiii ce nu știau decât să zâmbească. Atunci, copilul s-a întristat. Și-a dat seama că apa era tulbure; literele, în jocul lor naiv, se uneau și formau cuvinte ce-l speriau pe cel ce, până mai ieri, râdea de pe țărm.

Au trecut anii... copilul a crescut... a învățat cât de cât să înoate! Asta nu însemna că era și fericit. Într-o zi, se simțea foarte obosit. Noaptea nu putuse să doarmă sau, mai bine spus, nu-l lăsaseră gândurile... Cu ochii încă închiși, a luat la întâmplare din apă niște litere, când, deodată, un ins din apropiere i le-a smuls din brațe, după care l-a plesnit.

- De ce? De ce? De ce mi-ai făcut asta?

- Nu mai face pe naivul! Cu ce drept îmi rostești numele? Doar n-o să cred, acum, că tu nu cunoști arta cuvântului.

- Dragă domnule, mie îmi erai chiar simpatic, dar, acum... Gândește-te puțin! Aș fi avut eu vreun interes să... iartă-mi lacrimile! Nu o fac pentru a te impresiona, ci pentru că mă doare să văd cum o legătură, o relație... dar ce spun eu aici? Cum două suflete se pot învenina reciproc, folosindu-se de cuvinte; sau cuvintele folosindu-se de noi...

- Eu plec; deja vorbești singur! Eu nu te înțeleg!!

- Unde te duci? Eu nu știam ce litere am luat în mână, nu înțelegi?

Băiatul nu vru să lase lucrurile așa. Ura cuvintele, așa că se hotărî să le distrugă. Îl invocă pe Zeus...

... nu mai rămase decât un pământ uscat, niște pești morți, pentru că nu mai putuseră învăța să râdă... așa, ca acei copilași de pe țărm!

....

Prietena mea ascultă până la capăt povestea și mă întrebă:

- Dar ce ai tu împotriva cuvintelor? E un joc superb pe care...

- Da! Ai dreptate! Tocmai pentru că e un joc... de ce se joacă toți cu ele? Oamenii vor să câștige această competiție și aruncă unii altora cuvinte pe care cu greu le poți suporta. Nu! Nu! Nu! Nimeni nu mai înțelege cum trebuie cuvintele. Și așa te trezești, într-o zi, urât de oameni, fără să știi de ce. Nu! Oamenii au uitat să aprecieze un zâmbet, o privire! Nu vor decât cuvinte... și ajungi să-l invoci pe Zeus.

FLUTURI NEGRI

- Gata, gata! Cine știe pe cine or să deranjeze cuvintele tale și o să simtă nevoia să te facă să plângi o mare de litere...

Dascălul

Un nou început... ploaia asta și copiii care așteaptă să-și cunoască profesorii, fețele lor pudrate cu o zburdalnică nevinovăție trezesc în mine o dureroasă melancolie, o amară nostalgie. Voi putea, oare, să ascund privirii acestor elevi rana din sufletul meu amețit de durere?

Voi regăsi, oare, în ei ceea ce am iubit? Îmi voi întâlni printre ei fiul pierdut? Doamne, iartă-mi egoismul! Iartă-mi lașitatea! Voi lupta pentru ca ei să rupă bucăți din mine, din această ruină, care, poate, mai ascunde bogății printre dărâmături și care să-i ajute să deschidă drumuri mari. Voi încerca să le dau ceea ce caută, dar nu știu să ceară, ceea ce vor, dar nu știu să numească. Asta-i dorința mea și ruga către Tine, înainte de...

Anii au trecut... viața m-a învățat să renunț la egoismul meu, să iubesc cu pasiune ce mi se oferă. Până acum, am cules roadele vieții, dar vreau să-i dau și ceva în schimb: un arbore care să vorbească despre fiii pe care i-am regăsit. Cred că ramurile au această capacitate de a-i comunica divinității gândurile și ideile noastre sacre, reprezentând o tainică legătură între pământ și cer, între Om și Suprem.

Toate acestea îmi răvășesc sufletul, inima; o să mă duc, totuși, la oră... deși nu mă simt bine. Știu că...

- Bună dimineața, dragii mei!

- Bună dimineața!

FLUTURI NEGRI

- Aş vrea să redactaţi o compunere până la sfârşitul orei pe tema vieţii, încercând să comentaţi următoarele rânduri:

Prin acea fereastră văd o mare de stele inerte, în genunchi în faţa Ei,

A acelei corăbii luminate de razele ce curg spre mine din nucleul atomic divin,

Dar astrele îşi încheie rugăciunea şi viaţa lor începe şi se sfârşeşte cu Amin.

Asta-i, în fond, viaţa, o clipă între alfa şi omega, un Amin rostit de zei.

Elevii îşi deschid caietele şi, absorbiţi de această temă, încep să scrie...

- Domnule profesor, am... terminat...

Dascălul dormea şi, în încăpăţânarea lui, nu voia să-şi mai ridice capul de pe catedră...

O zi tristă de toamnă plânsă şi-ndurerată, un foc mistuitor în piepturile celor adunaţi la cimitir, în Grădina Morţii, pentru a-l însoţi pe ultimul drum pe iubitul lor maestru, tată, frate sau coleg. Cu lacrimi în ochi, cu tremur în voce, unul dintre elevii lui citeşte celorlalţi testamentul moral al profesorului:

Fiii mei,

Nu vreau să plângeţi, nu vreau să suferiţi. Vreau să mă păstraţi, încă, în sufletele voastre. Am încercat - şi sper că am reuşit – să-i hrănesc pe cei însetaţi de mai mult, să-i atrag pe cei plictisiţi, să lucrez și asupra firii, nu numai asupra intelectului, să formez oameni și caractere.

Când eram tânăr și nu aveam experiență, eram convins că elevii și profesorii trebuie să stea cât mai departe unul de altul. Ce mod stupid de a privi, astfel, relațiile dintre un om și un alt om! Eram atât de inflexibil, atât de conservator și de dogmatic! Credeam că, dacă atmosfera se va încălzi, blocul de gheață dintre profesor și elev se va topi și ambii se vor îneca în aceeași apă.

Se pare că voi m-ați ajutat să mă maturizez... alături de voi, am înțeles că ceea ce contează în astfel de instituții, în astfel de relații, este dragostea, respectul, înțelegerea și nicidecum regulile absurde menite să păstreze ordine și o liniște aparentă. Aveți o vârstă când trebuie să fiți încurajați să vă luați zborul și să nu vi se înfrâneze eforturile, să vă folosiți de propriul vostru simț, de propria voastră busolă – conștiința de sine. Ea este mult mai sigură.

Sunteți oameni, nu niște necuvântătoare lipsite de rațiune și voință; trebuie să fiți lăsați liberi: liberi să gândiți, liberi să simțiți, liberi să vreți și să nu vi se impună. Să vi se motiveze cererea, regula sau legea, pentru că sunteți la vârsta când personalitatea începe să se afirme și iese în evidență prin atracția pentru dreptate, adevăr, frumos, rațiune atotstăpânitoare.

Pentru mine, contactul cu voi a însemnat împlinirea voastră prin mine și împlinirea mea prin voi. Am înțeles, cunoscându-vă, că, indiferent de vârstă, poți învăța de la cei mai tineri; te poți regăsi pe tine în ei sau poți regăsi un potențial zeu. Un ultim sfat: să luptați pentru ideile și pentru sentimentele voastre, dacă inima și rațiunea vă spun că aveți dreptate.

FLUTURI NEGRI

Ați fost mai mult decât elevii mei, ați fost fiii mei, chiar prietenii mei! Acel copac pe care l-am plantat... udați-l!

Toți aveau lacrimi în ochi și în suflet: unii pentru că bănuiseră dragostea profesorului pentru micii lui prieteni, iar alții, surprinși de un astfel de sentiment, care-i făcea să se simtă în inferioritate...

Va fi oare moartea un nou început?

Dedicată unui dascăl plecat prea devreme...

Liceul – căminul mult visat

Orice asemănare cu realitatea este pur întâmplătoare (sau poate că nu, cine știe?)

Cerul e albastru, copacii adie ușor, o muzică lentă se aude undeva departe... o muzică de înmormântare. Se mai aude ceva: râsul zglobiu al celor ce așteaptă cu nerăbdare să intre în clădirea impunătoare a liceului proaspăt zugrăvit.

Pentru majoritatea, liceul este căminul, familia pe care și-o doresc. Aici, se unesc, de fapt, două suflete, două mentalități: a tânărului lipsit de experiență și a celui adult, cu maturitatea și experiența sa.

Este plăcut să simți sufletul părinților noștri spirituali, vibrând la unison cu al nostru. E liniștitor și încurajator să simți mâna blajină a dascălilor pe umărul tău fragil de copil.

Toate aceste gânduri se învălmășeau în mintea și inima pline de entuziasm ale tânărului Simon. Vă dați seama în ce culme a entuziasmului ajunsese? Dar să-l vedeți când își puse piciorul stâng pe pragul mult visatului cămin.

Elevii se îmbulzeau să intre. Probabil și pe ei tot entuziasmul îi îndemna. Erau atât de mulți, încât Simon a fost luat pe sus de valul de copii și a devenit și el unul din mulțime, unul care contribuia la formarea uriașei râme ce de-abia se mișca pe scările atât de largi.

Simon n-a avut, până acum, impresia că urcatul scărilor se poate asemăna atât de mult cu un lift. Îmi aduc aminte că acestea au fost cuvintele lui: *Foarte interesant! Deși pun piciorul pe treapta următoare, nu se simte că înaintăm. Parcă am fi în lift! Asta dacă facem abstracție de timp.*

În cele din urmă, Simon a făcut cunoștință cu clasa lui. De trei luni nu mai fusese atât de vesel, de când își luase ultima bursă și își cumpărase un aparat de fotografiat. Câtă bucurie în sufletul lui naiv de copil, văzându-și "visul" împlinit: o clasă unde ar fi putut face zeci de poze alături de prietenii lui.

Mai întâi, își privi banca. Și-o alesese deja: prima de lângă catedră. Albul imaculat al pereților largi, florile frumos mirositoare, perdelele imense ce ascundeau, probabil, niște ferestre transparente, toate acestea, ca, de altfel, și lărgimea clasei îi mai potoleau entuziasmul lui Simon, dar intrau în categoria acelor lucruri pe care era convins că nu le va uita niciodată.

Simon e un visător, aș putea spune că e chiar aiurit. Citește tot felul de prostii, meditează (eu cred, totuși, că e cu capul în nori) și scrie mult, dar vorbește și râde prea puțin. Oare de ce?

În fine, prima oră de română din acest an! Simon visează. În liniștea asurzitoare a clasei, se aude vocea solemnă a profesorului:

- Te rog frumos (?!) să-ți ridici hârtia de la bancă!

Toți își dau seama cu cine vorbește, numai Simon își ridică ochii și-l privește mirat:

- Poftiți?

De unde să știe el ce era sub bancă, dacă el nu știe nici măcar că trăiește în prezent? Crede în trecut și visează viitorul. Era departe și visa, visa, visa... Ce prost! La ce să visezi dacă-i ora de română? Poate la Tofana și Rudy. Toți suntem fericiți și, în prima zi de școală, era și Simon. Acum nu știu ce are, e mereu apatic și trist. Parcă ar avea o durere în suflet... cel puțin, așa mi-a mărturisit el.

Era frig... am plecat împreună de la școală și mi-a zis, cu o voce prea dură pentru vârsta lui:

- Sufăr, mă doare sufletul când îmi dau seama că n-o să mai pot plânge...

- E o prostie și chiar un paradox ceea ce îmi spui.

- Nu! Am plâns și, acum, în mine, e doar ură, dezamăgire și atât! Izvorul lacrimilor a secat. Acum doi ani, am mai fost rănit. Credeam că rana se vindecase, dar nu! A sângerat din nou și-mi ajunge! Probabil până la terminarea liceului, se va cicatriza.

- Nu știu... ești nemulțumit din pricina clasei? Nouă celorlalți ne place.

- Cum poți să crezi asta? Mi-a plăcut! De altfel, toate clasele liceului sunt la fel de frumoase ca a noastră. Nu cred că ar face cineva diferențe majore între elevii liceului când e vorba de sănătatea noastră. Avizul sanitar e cel mai important. Din moment ce școala îl are, e totul OK. Nu ar fi corect să se facă diferențieri. Ar fi o crimă la adresa purității și inocenței noaste. Ne-ar schimba radical modul de a vedea lucrurile.

- Atunci de ce ești supărat?

- Știi intrarea profesorilor?

- Da!

- Ei, în ziua aceea, mă simțeam rău. Voiam să caut pe cineva la cancelarie și să-i cer să vorbească puțin cu mine. O doamnă profesoară, foarte cumsecade de altfel, m-a întrebat: *Ești elev, da? Atunci, hai, imediat, pe partea cealaltă! Nu ai voie pe-aici.* Am plecat, nu pentru a mă conforma (urăsc asta), ci pentru că greața cu care mă trezisem dimineața mi se accentuase și mi se urcase la suflet.

- Și chiar ești supărat?

- Nu, măi, nu! Îmi place să fiu ironic. Și, de aceea îți spun, totul e cum nu se poate mai bine. Nu-i așa? La revedere!

Bietul miop!

Ură și generalizare

Are, oare, viața asta un sens? Dacă da, care? Nu știu. Totu-i o enigmă a marelui Creator: viața este opera sa cea mai de preț, iar oamenii personajele ei. Din păcate, în operă toți mor, poate doar moartea trăiește veșnic. Să ne fi născut doar așa pentru amuzamentul zeilor sau chiar există un scop pentru a fi-ul nostru? Revolta lui Prometeu sau resemnarea lui Sisif?

Fiecare caută, poate fără să-și dea seama, să se descopere pe sine, pentru a găsi armele cu care să-l distrugă pe celălalt. Dar este, oare, asta bine? Eu sau tu nu este cumva același lucru? Aici apare pericolul: tu te distanțezi, iar ceilalți formează o entitate aparte, un corp distinct de al tău. De aceea, omul care iese din mulțime devine pentru tine un fragment, un rest lipsit de autonomie, o simplă imagine dintr-un calendar.

Asta înseamnă să-ți distrugi aproapele prin generalizare: să nu-i recunoști individualitatea și să-l consideri copia fidelă a celorlalți. Dar de unde știi că tu ești originalul? Incertitudinea te aruncă și pe tine în acest joc murdar și, fără ca măcar să-ți dai seama, te pierzi în propriile-ți iluzii. Sunt oameni care extind învelișul luxos al superiorității altora asupra lor, fără să aibă curajul să-și privească slăbiciunea și inferioritatea, născută chiar din renunțarea la ființă și preluarea unor calități ce nu le aparțin.

Unul îi neagă pe ceilalți, iar altul se neagă pe sine; amândoi beau, însă, din același pahar al amăgirii fatale. Niciunul nu are o scară a valorilor pe care măcar să o privească, dacă nu să o și urce. Și unul și celălalt sunt scârbiți de propria existență, de deșertul lăuntric... ei sunt niște hoți care fură mulțimii avutul și apoi viața.

Generalizarea ești tu! Deși, în aparență, îi distrugi pe ceilalți, tot tu ești cel învins: învins cu armele tale. De ce simt oamenii nevoia de a încadra totul într-un tipar? Care este cauza? Oare nu este, cumva, chiar nesiguranța lor, inferioritatea care-i apasă? Ei se exclud pe sine din acest cerc vicios și cred că prin asta sunt superiori celorlalți. Poate este și un refuz de a gândi. Refuzi să crezi că sunt și oameni deosebiți, să cauți în cel de lângă tine unicitatea, fiind mult mai comod să-ți spui că toți sunt la fel. Numai tu reprezinți creația divină, ceilalți fiind doar o eroare.

De aici și sentimentul superiorității și puterii care capătă dimensiuni fabuloase. Această megalomanie este o mască ce ascunde o mare sensibilitate, o adevărată nevoie de a fi iubit, de a iubi... poate chiar o nevroză. Dar această dorință de apropiere se lovește de teama ca ceilalți să nu descopere existența călcâiului lui Ahile!

Și dacă ar ghici umanul din tine, ce s-ar întâmpla? Nimic. Ți se vor risipi iluziile, vor vedea toți, vei vedea și tu că nu ești și nu poți fi un Zeu... Care-i legătura dintre ură și generalizare? Sunt fețele aceleiași monede. Ura pentru că nu ești și nu poți fi tot ceea ce ai vrea, dezamăgirea de a nu putea prinde steluța de pe cer, despre care zeii ți-au spus că este fericirea, conștiința visului spulberat, a vieții irosite în singurătate.

Soluția... e in sufletul tău. Caută și vei găsi! Întoarce-te la copilărie! Numai așa îți vei găsi liniștea, puritatea, bucuria naivă la apariția portocalei de pe cer...

Scrisoare către dincolo

El... ce a însemnat el pentru mine? O prezență și nimic mai mult! Dar atunci de ce simt, încă, respirația lui pe obrajii mei? De ce, încă, buzele mă dor sub apăsarea gurii lui? De ce mai trăiește în mine chipul lui?

Poate că dragostea noastră nu s-a dizolvat în acea ultimă clipă... Da, a însemnat mult mai mult. Un cine care m-a scos pe mine din mine. Cât de tare mă doare amintirea vocii lui, a ochilor lui... Lipsită de o astfel de suferință, aș muri.

Este trist să trăiești în trecut; dar există, oare, trecutul? Nu... există doar clipa: clipa care se îndepărtează și după care zadarnic fugim, căci nu o vom mai prinde niciodată. Deși nu pot să te văd, totuși, te simt în juru-mi. Ești pământul pe care calc ușor, ești cerul spre care privesc cu bucurie; ziua, ești soarele și noaptea, ești luna. Razele sunt privirile tale calde, foșnetul molcom al frunzelor este respirația ta, glasul păsărilor este și glasul tău, copacii îți sunt trupul, iar ramurile îți sunt brațele.

Ești însăși viața, ești scena pe care eu continui să joc, ești aerul pe care eu îl respir, ești apa pe care o beau și ploaia care-mi cântă un cântec de dragoste.

Ești deja în cer: ești o stea și mă privești de sus,

Ești undeva pe crestele munților, îngropat în zăpadă;

Eşti în raza de soare care-mi străpunge inima ca o spadă,

Eşti în ochii scăldaţi de lacrimile unui nebun ce se crede Zeus...

Eşti abisul de pe marginea căruia privesc... îmi dau seama că şi acum mă atragi!!!

Soarele și luna

Emma și Rudolph... doi oameni care se iubesc enorm, doi oameni care cunosc prețul vieții, doi oameni care respectă OMUL și-l vor un zeu. Acum, ea își amintește cu o dureroasă bucurie de bărbatul acela, sobru și vesel în același timp, matur și copil, soț și amant. El îi dezvăluise marele secret al vieții: dragostea la o vârstă înaintată, atunci când devii tolerant față de capriciile lipsite de importanță ale tinereții și apreciezi mai mult viața, dragostea și omul.

Emma își amintește cu emoție de primele lor îmbrățișări, săruturi și de vântul zburdalnic ce-i împingea unul în brațele celuilalt. Îmi prindea mâinile, strângându-mi-le între palmele lui aspre, privindu-mă cu ochii umezi. Eram dominați de foc... Unde ești acum?

Eram amândoi niște lupi de stepă, sortiți să trăiască singuri, fără pereche și veșnic fericiți în nefericirea noastră. Dar visul nostru era atât de frumos... din păcate, moartea ne-a pedepsit pentru încăpățânarea noastră umană de a ne găsi sufletul pereche.

Era toamnă și am plecat la o plimbare în pădurea din apropierea cartierului Saint-Germain. Admiram împreună aurul naturii și imaginea grandioasă a lacului în care se scăldau razele mirificului astru. Teama mi se strecurase în suflet, aparent fără niciun sens. Rudolph era trist... iar eu mă jucam ca un copil în ploaia frunzelor de toamnă.

Atunci, am observat că soarele se pregătea de odihnă și m-am apropiat de banca pe care Rudolph se așezase, încercând, parcă, să imite astrul. L-am strigat... dar mi-am dat seama, privindu-i albastrul ochilor, că moartea i s-a cuibărit în suflet.

Cât mă doare imaginea acelor ochi ce mă priveau și mă privesc, îmi șopteau și îmi șoptesc iubire eternă de undeva de dincolo de viață.

Soarele apune și-i șoptește preafrumoasei Luni: *Te iubesc, deși nu vom putea fi niciodată împreună!*

Totul suferă, totul este îndurerat: toamna varsă lacrimi gândindu-se la frunzele atacate pe neașteptate de un vânt năprasnic, stelele se încăpățânează să nu mai apară în această seară pe bolta cerească, copacii dau neputincioși din mâini, străzile primesc resemnate picăturile reci care se revarsă din cerul stăpânit de-o adâncă supărare... De ce să plângă și natura? De ce? Nu e păcat?

Himera

Ce... ce anume, ce anume vrei? Tu... himeră neobrăzată ce-mi râzi cu o crasă nerușinare și cruzime în față! De ce și pentru ce? Te urăsc, dar, în același timp, mă consum de iubire... Cum? Pot eu, oare, să iubesc? Unde e sufletul, unde sunteți voi, suflete amețite de rațiune? Dorești, lupți, te ucizi și ucizi, din nou lupți și pentru ce? Pentru nimic, da, chiar pentru nimic. Nu, nu, himeră păcătoasă! Nu mai râde... m-am logodit cu tine încă dinainte să mă nasc. Tu m-ai acceptat, eu te-am acceptat, dar până când vom putea trăi împreună? Până dincolo de moarte, până dincolo de noapte...

De ce se opune lumea logodnei noastre? Sufletul și himera lui, rațiunea și visele ei, eu și EU ne vom putea uni, oare, în acel EU final, în acel zeu cu litere mari? De ce, lume păcătoasă, lipsită de sensul vieții? Cine sunteți voi? Da, voi, cei care vă plimbați pe lângă mine; da, voi, cei care mergeți și spuneți, sau mai rău, credeți că trăiți; voi, morți cu pretenția că sunteți încă vii... încă, de parcă ați fi fost și altfel decât morți... poate ați fost, dar cum sau ce, și când sau oare...?!

Pretenții... ce pretenții... oare visez? Da, visez albastrul cerului, visez himere, zei și morți, morți, morți... de ce? De ce atâția morți? Cine i-a omorât? Poate au luat prea multe somnifere și și-au adormit pe veci sufletul, spiritul, conștiința, propriul EU și... Dumnezeule, visez?

Din nou himera – logodnica mea

SILVIA PUIU

Ea, cea pe care o voi trăda

Atunci când noaptea va cădea

Peste mine, ca și peste ceilalți... mda!

Nu cred, nu cred că te voi lăsa,

Voi lupta, voi lupta împotriva ta...

Himera nu mi-o voi înșela;

Voi învia pentru tine, iubirea mea!

Biet nebun, crezi prea mult în mine,

Sunt doar un eu sau, poate, sunt chiar noaptea.

Nu te amăgi, însoară-te cu moartea

Și lasă-mă, te rog, să ies din tine...

Nebun, nebun sunt oare?

O, tu, himeră cinică și crudă,

Nu, nu... niciodată divorțul nu ți-l voi da!

Privește-n viitor cum dragostea noastră moare.

Se stinge, dar nu, nu sufăr...

Atâta timp cât ura și durerea

De tine, himeră odată mult iubită,

Mă vor lega de tine și nu de moartea mea!

FLUTURI NEGRI

Râzi, râzi, râzi... dar tu știi ceva. Știi și nu vrei să-mi spui; mă amăgești, vrei să renunț la tine. Râzi, dar eu nu vreau și mă încăpățânez să țin de tine, chiar dacă din ură și nu din dragoste, căci există, oare, diferență? Ura... ura e mult mai romantică.

Timpul te face să spui prostii! Dar de ce dai vina pe timp? Oare acesta este un vis? Poate că da, un vis frumos cu himere, criminali ai morții, timp și vise... hmmm! Se aude un râs profund, ce taie, ucide tot ceea e am construit... dar, la naiba! Ce am construit? Am construit ceva? Da... un vis... e timpul să revin, să mă despart până la o nouă întâlnire de visul cu himere. Adio sau pe curând!

A vorbit himera, criminalul, eu sau EU?

Aștept răspunsul... de la cine? De la mine... dar care mine? Sunt atâția!

Visător prin lume

Totul nu-i decât un vis sau poate un coşmar... un vis urât din care ne vom trezi, poate, atunci când vom muri... rămâne, totuşi, o incertitudine. La naiba cu tot, cu piesa asta proastă, cu circul ăsta ieftin! La naiba cu toţi, cu toate, cu mine, cu mine, cu mine... în special cu mine şi ecoul din sufletu-mi gol.

Există oare un „mine" sau e şi el, la rândul lui, doar o glumă proastă a vieţii, o farsă, un ceva nereuşit, dar ce? ... un vis sau poate că nici măcar atât, nici măcar un vis. Văd, dar ce văd oare? E într-adevăr ea, himera mea? Da, dar... nu se poate... aruncă ceva spre visătorii de pe-acest Pământ ciudat... e cerneală... şi totul devine negru, întunecat, mut şi straniu. Gânduri, dorinţe, sentimente şi iluzii ale visătorilor se vor fi înecat, vor fi murit în negura visului, în negura timpului...

E miezul nopţii. Am avut un coşmar... sau poate că a fost un vis frumos în care visătorii muriseră, zburaseră spre cer, părăsind pentru totdeauna pământul de coşmar, pentru ca ceilalţi, în continuare inerţi, să poată imita în linişte nişte forme de viaţă inventate de ei.

În fine! Vom încerca şi noi, visătorii, să imităm oamenii... vom încerca până când himerele încăpăţânate vor turna, până la ultima picătură, cerneala din călimara nemuririi pe feţele noastre aparent nevinovate. Feţele noastre, care, pentru ceilalţi, nu exprimă nimic, decât, poate, cuminţenie, laşitate, frică... şi la naiba cu ce cred ceilalți că exprimă! În realitate, dacă aceasta există, exprimă tot ceea ce urăsc ceilalți: vanitate, egoism, orgoliu, ură, răceală... să continui nu are rost... ar urma misterul, dar sperie, sperie...

Ceilalți văd un prunc, însă, vai! Naivitatea, puritatea, nevinovăția sunt masca pe care Mefisto și-a ales-o aici pe pământ, la acest bal mascat numit, parcă, viață.

Ești aici, dar nu ești aici... ești acolo, în realitatea visului. De ce? De ce sunt un vis? Universule, redă-mi realitatea, distruge-mi visul, distruge-mă pe mine!

O, tu, nebun visător, visător de realitate, unde te trezești?

Moarte în decembrie

A mai murit cineva... Cercul meu se strânge atât de mult încât îmi prinde inima ca într-o menghină și îmi împiedică plămânii să se umple cu aer. La naiba! De ce și pentru ce? Totul era atât de frumos, venise iarna, urmau moșii mei preferați, dar nu știam sau poate că știusem, dar uitasem, că și moartea poate veni în decembrie.

Poate și ea, la rândul ei, se bucură că iarna a venit, și, lăsată în voia dorinței, a coborât pe pământ, în casa acelor oameni. Mai puțini, din ce în ce mai puțini în cercul meu. Oare moartea e veselă că a cinat la sosirea ei sau este tristă pentru că, acum, sătulă fiind, toți o urăsc, în special cei care au găzduit-o? Nu au știut că e o ticăloasă ce mănâncă atât de mult: sentimente, idei, gânduri, dorințe, bucurie, carne, sânge, sângele lui... al sacrificatului.

Ai venit chiar și acum, înainte de sărbători. Nu te-ai gândit la nimic... ai venit flămândă, lacomă, dornică de a te hrăni. Ești o nemâncată, vrei mereu mai mult și mai mult. Nu ți-a păsat de nimeni, de absolut nimeni. Ai mâncat iarna, decembrie-le și albul.

Haos în mine

Uimit de toate sunt, când privesc şi văd

Amara realitate cu ochi reci, cruzi şi veşnic nepăsători,

Râzându-mi cu nesimţire în faţă.

Râde de visu-mi idiot şi mă convinge tot mai mult

Că eu voi nimici ceea ce sunt şi va rămâne cenuşă,

Doar cenuşă, din care, poate, mi se va-mplini visul arzător.

Durerea din suflet îmi invadează trupul şi simt

Că-ntreaga viaţă îmi e ca o închisoare,

Nu voi putea ieşi şi nu cred că va răsări vreodată soare...

E o furtună în care fulgerele se izbesc de-a mea durere,

Dar nu pot s-o sfarme, e prea neagră...

Urăsc nepotrivirea din sufletul, mintea şi fiinţa mea.

Mi-aş fi dorit să cadă-n nepăsare,

Ştiu că nu se poate şi mă tem ca nu cumva

Cei doi gardieni ai vieţii mele să nu ucidă,

Din greşeală, neînsetatu-mi orgoliu...

Mândri, paznicii îşi cântă precum guguştiucii

Al lor nume ce-mi răsună în minte

Asemeni unui ecou provocator de durere.

Conștiința

Ce-i conștiința? Poate-i cea care-mi dictează acum să scriu aceste rânduri... Când te gândești că biata de ea e aproape adormită... mi-e tare somn, somn, somn... dar, la naiba! Trebuie să scrii o nouă pagină din acest caiet și această viață... încă o filă din sufletul meu.

Încerc să mă strecor până acolo, să mă închin în acel sălaș, să nu mă mai lovesc atât de rău atunci când întâlnesc realitatea... realitatea... parcă aș fi un ecou; dar nu este, oare, conștiința însăși un ecou? Ecoul meu! Încă mai pui gânduri și coșmaruri pe foaie? Nu te-ai plictisit? Da, cu tine, biet visător, cu tine și nu cu ceilalți, vorbesc... căci contează ei, oare?

Am intrat în suflet și doare... parcă nu era mare lucru acolo. Depinde ce înțelegi prin asta; era, în orice caz, ceva – un demon, un zeu malefic căruia m-am închinat. Oare există un astfel de zeu sau e doar închipuirea mea, a unui om bolnav de suferință, de tristețe? Cred că dacă m-aș însănătoși, ar începe Iadul. Ce este fericirea și cine i-a spus așa? Nu este ea subiectivă, nu depinde ea de noi?

Îmi iubesc carnal tristețea fără de care nu aș putea trăi; ea este motiv și scop, în același timp. Sunt în negura timpului, negura ființei, în camera acelui demon, camera lui Mefisto.

Am rămas golit de inspirație sau așa am crezut... conștiința mă asigură că răul nu se termină așa repede și demonii nu dispar peste noapte.

Poate s-ar bucura ceilalți, dar ce e bucuria? Te-au deranjat oamenii cu realitatea: au venit și ți-au aruncat-o în față; au vrut să te machieze cu ea, dar nu au reușit. Nu! Răul, mizeria, mocirla nu dispar, spre extazul tristeții mele înfometate de trupul și sufletul meu.

Îmi iau la revedere... sper ca data viitoare să mă întâlnesc cu același demon sau poate cu altul, dar demon să fie... rogu-te, Doamne! Nu ești ironică? Nu crezi că păcătuiești punând numele Domnului alături de al Satanei? Nu, sunt doar un biet păcătos de care se folosește conștiința divinilor draci... urâtă asociere, nu? Poate! Te las acum.

Iubește!

5.01.2001

Iubește tot pe lumea asta

Ghiftuită cu dureri și suferințe.

Iubește pe cel ce-ți împlântă

Pumnalul nefericirii veșnice în piept.

Iubește moartea, iubește disperarea

Și apriga singurătate în ceasul tău final.

Amurgu-i negru și viitorul mort și el demult.

Nu plângeți, voi, urmași defuncți!

Nu plângeți, ci râdeți, râdeți pentru el.

Gândiți-vă că, poate, e deja în munți

Și-acum, în cinstea voastră, ridic-un păhărel.

Hai, sus paharul și noroc!

Lăsați deșarta voastră suferință

Căreia credeți că nu-i puteți da foc.

Din vârful muntelui, privesc cu vagă pocăință

SILVIA PUIU

Chipuri palide și-ndoliate

Pe-un timp, sper, scurt,

Deoarece degeaba plângeți, sufletele moarte

Sunt al eternității dulce furt.

Dumnezeu mi-a spulberat florile

Tu știi că sufletu-ți ia foc, dar nu găsești fântâna

Pentru a stinge totul, chiar și nemurirea.

Te stingi doar tu, încet, încetinel,

Asemeni vieții tuturor, în general,

Dar și ceva mai mult s-a stins

Când vântul aprig a spulberat

Florile ce-am semănat.

Petalele florii au căzut, căci ea, netrebnica,

A îndrăznit să-și ridice a sa privire

Către ochii unui Dumnezeu orb și mut.

Muzica, mireasma, dorința, toate au murit,

Chiar și suferința – amara ei iubire,

Dar, în noaptea aceea, chiar,

Cerul a mai născut o stea.

Aleargă într-un vis cu flori de nea

În visul sfântului măcelar.

Iubindu-mă pe mine în ochii tăi

Omul... fiul risipitor al naturii, oaia neagră mânată de demoni spre crimă, spre mocirla propriului suflet meschin, urmărit pretutindeni de prejudecăți, pretexte și coincidențe pe care le ignoră cu desăvârșire.

Îl privește pe celălalt, niciodată cu compasiune, totdeauna cu ură și are dragoste numai pentru imaginea care se reflectă în ochii celuilalt. Îi e teamă de cel care-i stă alături, i se pare că e pe câmpul de luptă, în timpul războiului și că poți ucide pe oricine... trage un glonț, două... și celălalt cade la pământ.

Criminalul fuge, fuge și, deodată, un râs ciudat, ca de dincolo de viață, îi străpunge, asemeni unui pumnal, inima de piatră. Erau doar gloanțe oarbe puse în încărcătorul revolverului de cel căzut, bătându-și, astfel, joc de semenul său.

Milă

De ce plânge cerul? Oare mă plânge pe mine? Oare chiar voi... ?

- Cristian! Te cheamă!

Amice, nu mai plânge! Acum, totul se va sfârși!

Sunt în fața biroului domnului director. Mi-e teamă, dar, în același timp, mă și bucur. În fond, după aceea, o să pot pleca unde voi vrea. Bat și deschid ușa în spatele căreia știam că se afla acest om nesuferit. Oare ce-o să-mi spună?

Mă privește fix, nu-mi adresează niciun cuvânt, dar, cu toate acestea, îi citesc disprețul pe față. Se ridică de pe scaun, se întoarce cu spatele și abia atunci îmi adresează câteva cuvinte:

- Nu te înțeleg! Nu pot să înțeleg cum ai avut curajul să-mi vorbești așa și nici de ce.

Ce se întâmplă? Vrea sau nu să mă exmatriculeze?

- O să rămâi în școală. O să poți termina liceul. Ești un elev îndrăgostit ca un nebun de cărțile tale și, în plus, nu ai părinți...

Mai mult răstit, directorul îmi cere să plec. Acum, îmi dau seama că nu era dispreț, era doar milă pe fața lui. Mila unui profesor! Dezgustător!

Cu pașii grei și o piatră în suflet, mă îndrept spre casă... Vreau să mă gândesc în liniște la ce înseamnă să fii dascăl, să înveți pe alții ceea ce știi. Poate, într-o zi, voi deveni unul...

Cristian nu știe de ce urăște școala, profesorii, deși iubește tot ceea ce ei oferă, dar ar vrea mult mai mult. Nu știe nici el ce anume.

Într-o cameră mică, murdară și rece, adolescentul de 18 ani privește cu lacrimi în ochi picăturile de ploaie ce se preling pe geamul ferestrelor.

Suflet de hârtie prost colorată

O secundă... a mai trecut încă una

Din viaţa al cărei sens şi unic ţel

E moartea – zâna care te ia de mână

Şi-ţi cere unicul şi meschinul tău sufleţel.

Un suflet de hârtie prost colorată,

Mototolită de tine şi de toţi ceilalţi;

Furată de ghearele morţii şi aruncată

În văzduh, spre umerii munţilor înalţi.

Bagheta magică mi-a îndreptat hârtia.

Acum e albă, e ca un nou început

Ce ajunge în pieptul unui copil

Pur, nevinovat şi viitor bibliofil.

Sau, poate, în cutia toracică a unui vultur

Cu ochi dornici de sânge şi durere,

Cu gheare ce sfâşie cu putere

Trupul nevinovatelor păsărele.

Gânduri de final

În aceste rânduri, aş vrea să mulţumesc profesorilor mei care au văzut dincolo de timiditatea mea. M-au încurajat să mă exprim liber, pe mine şi pe alţii, şi am putut face asta chiar în paginile unei reviste – Prima Verba, apărută în 2001-2002.

Poate, cumva, şi revista Cronica Studentului (pe care o coordonez la facultate din 2015) îşi are rădăcinile subconştiente în Prima Verba. Poate că a fost o formă de *Pay it forward* (recomand filmul dacă nu l-aţi văzut). Am oferit şi eu studenţilor mei ceea ce dascălii mei au făcut pentru mine în liceu. Am spus subconştient pentru că şi uitasem că a existat o revistă în liceu... până când le-am descoperit din nou în bibliotecă.

Multe dintre provocările mele intelectuale au fost determinate încă din primii ani de liceu când i-am scris o scrisoare dlui profesor Colţan, oarecum supărată că nu mă puteam exprima liber decât în scris (ceea ce e adevărat şi astăzi). Deşi ne despărţeau mai mult de 50 de ani, pot spune că îmi amintesc cu drag reacţia dlui profesor la acest gest al meu. Aş spune că a fost intrigat, dar, în acelaşi timp, cred că m-a apreciat mai mult.

Apoi, dl profesor Voicilă... cred că ambii erau la pensie în acei ani, deci aceeaşi diferenţă de vârstă de jumătate de secol între noi. Mi-l amintesc atât de cald şi de blajin şi a făcut un gest pe care nu pot să îl uit. Nu ştiu de ce, ce a gândit, pentru că era o altfel de relaţie profesor-elev, una mai caldă, mai umană, părintească. Mi-a dăruit un volum cu Sonete de Shakespeare, o cărticică mică, îmbrăcată în coperți groase, albe.

Mulțumesc acestor doi domni care mi-au oferit, fiecare, în felul lui, prietenia și care vor rămâne mereu în sufletul meu.

Doresc să mulțumesc și doamnei profesoare Diana Petrișor (Cone) și dlui profesor Valeriu Firoi pentru că au coordonat revista Prima Verba și ne-au dat un spațiu în care să ne exprimăm. Mi-ar plăcea ca acest proiect să reînvie, cred că este nevoie de acest lucru și, dacă pot ajuta, mă ofer cu drag. Am simțit căldura doamnei profesoare și atunci, dar și ulterior, de ficcare dată când mă vedea. Mă bucur că mi-ați fost dascăl.

Sunt mulți profesori din liceu care sunt în sufletul meu și vă mulțumesc tuturor. Îmi amintesc cu drag și de dl profesor Costinel Popescu și dna profesoară Ioana Negreț. Am fost o elevă blajină, dar, fiind și Președintele Consiliului Elevilor, puteam să devin un om foarte fixat pe dreptate și.... atunci nu mai eram blajină și timidă 😊 motiv pentru care puteam să creez confuzii în rândul dascălilor mei. Dacă am stresat pe cineva, mii de scuze.

Am făcut contabilitate în liceu, acum sunt economist și profesor în acest domeniu. Mulțumirile din acest volum sunt pentru profesorii care au încurajat, direct și indirect, voit sau nevoit, partea mea artistică. În rest, am fost înconjurată de dascăli foarte buni cu care m-am înțeles bine (dirigintele și profesorul de mate, profesorul de contabilitate și alții).

Mulțumesc și colegilor mei care mă citeau și care, poate, se speriau sau nu 😊 Corina, Anca și, mai ales, Vali! Mă bucur că îți amintești de himera mea, căreia i-ai răspuns cu o poezie din care las aici câteva versuri: *Himero, tu, himero, unde ești? / Ești singură și singură exploatezi / Pământul, marea, în spațiu nu te pierzi / Din Lună, până-n Marte / Din Marte, pe Pământ / Himero, al tău e Paradisul și tot ce este sfânt.*

În final, doresc să mulțumesc și domnului profesor Liviu Persu, profesorul de psihologie, cu care am avut dialoguri și monologuri nesfârșite despre o diversitate de teme, care mi-a împrumutat cărți cu aromă de tutun și rock și muzică simfonică.... În ciuda celor 11 ani diferență, cred că întotdeauna am avut un suflet mai bătrân și asta a dus la o prietenie frumoasă, chiar și cu praful de stele. Acum, sunt mai în vârstă decât autoarea fluturilor negri, dar și decât proful ei de psihologie.

Dacă a mai rămas cineva până la căderea cortinei, vreau să îți recomand câteva melodii care să sperie fluturii negri pe care i-ai citit în aceste pagini:

<u>Bobby McFerrin - Don't Worry Be Happy</u>[1]

<u>Pharrell Williams – Happy</u>[2]

Zâmbește ☺

---

1. https://www.youtube.com/
   watch?v=d-diB65scQU&list=PL9XCjs5szEuFlKRurIZT6OqvtuOaUWgv4&index=4

2. https://www.youtube.com/
   watch?v=ZbZSe6N_BXs&list=PL9XCjs5szEuFlKRurIZT6OqvtuOaUWgv4&index=6

DESPRE AUTOARE

SILVIA PUIU este conferenţiar universitar doctor la Universitatea din Craiova, Facultatea de Economie şi Administrarea Afacerilor, departamentul Management, Marketing şi Administrarea Afacerilor. Are o experienţă de 15 ani în învăţământul economic superior, predă Management, Marketing, Managementul Eticii, Scriere creativă. Din pasiune şi dragoste pentru meseria de dascăl, a lansat în 2015 revista Cronica Studentului, care a depăşit 50 de ediţii. În 2019, a publicat volumul autobiografic – *Scrisori pentru studenţii mei.*

În 2018, mi-am unit eforturile cu două foste studente, Alexandra Popa și Anca Mihai, cu care am pus bazele Asociației Building Hopes, un ONG axat pe educație nonformală. Coincidență sau nu, și logoul nostru (creat de Alexa) este reprezentat tot de un fluture cu aripi albastre.

Dincolo de ceea ce fac, contează cine sunt, deși încă mă descopăr. ***Sunt un om simplu care își dorește să ajute tinerii să fie în echilibru cu ei.*** Am învățat multe de la studenții mei și sper că am reușit să le transmit energie pozitivă. Toți vrem să fim fericiți și nu trebuie să uităm asta nici măcar o clipă. Și nu mă refer doar la fericirea personală, ci la a celor din jur. Să încercăm să facem bine, fiecare acolo unde este și să contribuim la zâmbetul de pe chipul celor din jur.

Viața nu este numai roz sau numai neagră, dar ajută să fim unii lângă alții și pentru a zâmbi, și pentru a plânge! Uneori, e suficient să asculți și să îmbrățișezi!

Don't miss out!

Visit the website below and you can sign up to receive emails whenever Silvia Puiu publishes a new book. There's no charge and no obligation.

https://books2read.com/r/B-A-ETLE-CVHMC

BOOKS2READ

Connecting independent readers to independent writers.

Also by Silvia Puiu

Managementul strategic al activitatii de retail in Romania
Scrisori pentru studenții mei
Fluturi negri